Josef Kraus

Ruselabsatz –

Kommissar Breslmaiers zweiter Fall

Ruselhotel – sein dritter Fall

Greisinger Weiher – sein vierter Fall

Josef Kraus

Ruselabsatz
Ruselhotel
Greisinger Weiher

Regionale Kriminalfälle in und um Deggendorf

Bibliografische Information der Deutschen Nationalbibliothek:
Die Deutsche Nationalbibliothek verzeichnet diese
Publikation in der Deutschen Nationalbibliografie;
detaillierte bibliografische Daten sind im Internet
über http://dnb.dnb.de abrufbar.

Die automatisierte Analyse des Werkes, um daraus
Informationen insbesondere über Muster, Trends
und
Korrelationen gemäß §44b UrhG („Text und Data
Mining") zu gewinnen, ist untersagt.

© 2024 Josef Kraus

Lektorat: Hans Direske

Verlag: BoD • Books on Demand GmbH, In de
Tarpen 42, 22848 Norderstedt
Druck: Libri Plureos GmbH, Friedensallee 273,
22763 Hamburg

ISBN: 978-3-7597-8694-4

Inhaltsverzeichnis

Ruselabsatz	**3**
TAG 1 – Dienstag 10. Juli 2018	6
TAG 2 - Mittwoch 11. Juli 2018	30
TAG 3 - Donnerstag 12. Juli 2018	62
Ruselhotel	**75**
TAG 1 - Dienstag 18. September 2018	77
TAG 2 - Mittwoch 19. September 2018	105
TAG 3 - Donnerstag 20. September 2018	122
Greisinger Weiher	**145**
TAG 1 - Montag 21. Mai 2019	147
TAG 2 – Dienstag 22. Mai 2019	173
TAG 3 – Mittwoch 23. Mai 2019	211

Ruselabsatz

ein Franz-Breslmaier Krimi

– sein zweiter Fall

Ruselabsatz

Es war doch ein tolles Geburtstagsgeschenk und eine super Idee von meiner lieben Frau zu meinem 75. Geburtstag, ein nagelneues E-Bike. Und hier auf der Rusel gibt es so tolle Wege, dann die gute Luft und die Ausblicke und für die Gesundheit ist es ja auch gut. Und so bin ich unterwegs von der 'Hölzernen Hand' in Richtung Ruselabsatz. Da es fast nur leicht bergab geht, kann ich richtig Tempo machen. Macht richtig Spaß. Es sind kaum Leute unterwegs. Versteh ich gar nicht, bei dem tollen Wetter. Aber umso besser, dann muss ich nicht so aufpassen. In meinem Alter finde ich es super, dass man noch solche Radtouren unternehmen kann. Vielen Dank an die Technik..... Ups, was war das? .... Ich fliege, mein Rad ist weg, was war denn das? Ich kann nichts machen, irgendwann muss der Aufprall erfolgen ...... mein Leben rast in Millisekunden durch meine Gehirnwindungen ..... Schulzeit – erste große Liebe – Hochzeit – Kinder – Arbeit – meine Frau – blendende Helligkeit – AUS......

Mein Name ist Franz Breslmaier. Ich bin Hauptkommissar in der Polizeiinspektion in Deggendorf. Ich bin 49 Jahre alt und seit nunmehr über zwanzig Jahren bin ich dort im Dienst. Zusammen mit meiner Kollegin, Kommissarin Philomena Stöcklgruber, bin ich zuständig für schwere Kriminalität und Mordfälle, die in Deggendorf und Umgebung eher selten passieren. Aber mein Leben als Kommissar ist absolut nicht langweilig. Dafür sorgen schon die Kollegen, die mir auch ab und zu einige leichtere Fälle zuschanzen.

TAG 1 – Dienstag 10. Juli 2018

Ich sitze mit meiner Frau Claudia beim Frühstück. Da ich während meiner Arbeit in der Polizeiinspektion oft und zu viel Kaffee trinke, genieße ich zuhause immer meinen Tee, in allen Variationen, auf Anraten meiner lieben Frau. Wir sind noch früh am Tag und ich hole mir die Zeitung, die PNP Ausgabe Niederbayern/ Deggendorf, vom Briefkasten vor der Haustüre.

Ich setze mich an den Tisch, schenk mir meinen Tee ein und schlage die Zeitung auf, wie immer zuerst den Deggendorfer Teil. Eine alte, liebgewordene Gewohnheit. Da sticht mir die große Überschrift ins Auge: ′Prinz Karl-August von Natternberg tödlich verunglückt`.

Natürlich lese ich sofort den Artikel mit einem eher jugendlichen Foto von ihm.

′Prinz Karl-August von Natternberg ist bei einem E-Bike Ausflug auf der Rusel tödlich verunglückt. Eine schillernde Persönlichkeit ist durch einen tragischen Unfall aus unserer Mitte gerissen worden. Er war nicht nur Mitglied der Stadtratsfraktion der Freien Wähler, er war auch Mitglied bei den Rotariern und außerdem ein anerkannter Rechtsanwalt und Insolvenzverwalter. Deggendorf verliert mit ihm einen wichtigen Baustein im gesellschaftlichen Leben. Unverständlich ist, warum Karl-August von Natternberg auf dem breiten, leicht abfallenden Forstweg mit seinem E-Bike zu Fall gekommen ist. Die Untersuchung zum Unfallhergang ist in die Wege geleitet`.

Das ist wirklich ein Hammer. Natürlich kannte ich Prinz Karl-August. Er lief mir immer wieder über den Weg. Ob bei

Ausstellungen, bei Konzerten oder bei politischen Kundgebungen. Aber auch in der Freizeit hatte ich immer wieder mit Karl-August Kontakt. Aber mehr als ein schnelles Hallo war nicht drin. War nicht so mein Typ.

Na da bin ich aber gespannt, was die Kollegen zum Unfallvorgang herausfinden.

Ich las die Zeitung noch zu Ende, erzählte meiner Frau Claudia die Story vom Karl-August, was auch sie sehr interessierte, reichte ihr die Zeitung und machte mich auf den Weg in die Polizeiinspektion.

Es war kurz vor sieben Uhr, als ich die Türe zu meinem Büro öffnete. Meine Kollegin, Kommissarin Philomena Stöcklgruber, saß bereits an ihrem Schreibtisch. Sie sah wie immer bezaubernd aus: hellgelbe Bluse, dunkelblaue Jeans und große goldene Ohrringe. Ihre blonden Haare hatte sie heute zu einem Zopf geformt. Sehr adrett. Sie überrascht mich halt immer wieder.

„Hallo Mina, grüß dich, du schaust wie immer super aus. Wie machst du das nur immer?"

„Ach Franz", meinte sie „du alter Charmeur. Was gibt es Neues? Ich merke doch, dass etwas in der Luft liegt".

„Hast du schon mitbekommen, dass Prinz Karl-August von Natternberg am Montag tödlich verunglückt ist? Auf der Rusel mit seinem E-Bike. Ich denke, wir sollten uns das mal genauer ansehen. Irgendwie habe ich ein komisches Gefühl. Was meinst du"?

„Na ja, es schadet bestimmt nicht, wenn wir uns den Fall mal etwas genauer anschauen. Komm, wir gehen mal zu unseren Kollegen, die den Fall bearbeiten".

Damit stand sie auf und wir gingen in das Büro der Kollegen im Erdgeschoss und nach ein paar Anfragen hatten wir den zuständigen Polizisten gefunden, der für den Fall zuständig ist.

„Herr Kollege" begann ich, „mir kommt der Unfall irgendwie komisch vor. Haben sie etwas bemerkt, ist ihnen etwas aufgefallen, was nicht in das Raster passen könnte? „

„Eigentlich nicht. Es ist nur sehr verdächtig, dass es keine Bremsspuren gibt und dass der Unfall auf einer geraden Strecke, einer Forststrasse, auf der es weder Schlaglöcher noch sonstige Hindernisse gibt, passierte".

Ich überlegte kurz und meinte „Mina, was meinst du? Sollen wir uns den Unfallort mal selber anschauen, damit wir uns ein Bild davon machen können? Ah, übrigens, wo ist denn momentan die Leiche?" wollte ich von unserem Kollegen wissen.

„Die Leiche von Herrn Prinz von Natternberg ist von einem Bestattungsunternehmen, ich denke der Firma Klostermeier aus Deggendorf, abtransportiert worden. Soll ich mal nachfragen?"

„Ja, das wäre nett und wenn sie bitte Bescheid geben, dass die Leiche eventuell noch zu einer Untersuchung benötigt wird, also noch nicht freigegeben ist."

„OK, mach ich. Ich ruf gleich mal dort an."

Er griff nach dem Telefonhörer und wählte die Nummer der Zentrale. „Frau Unholzer, ich bräuchte die Firma Bestattungen Klostermeier aus Deggendorf am Telefon. Könnten sie mich bitte damit verbinden?" Er legte das Telefon wieder auf und wandte sich an uns „Ich gebe ihnen umgehend Bescheid, wenn ich etwas Neues weiß."

Ich nickte und bemerkte noch „Wenn sie Zeit haben, würden wir gerne den Unfallort begutachten. Wie schaut es bei ihnen aus? "

„Ja, das passt. Wir können uns in zehn Minuten unten im Hof treffen. Dann fahren wir auf die Rusel und ich zeige ihnen den Unfallort. Einverstanden? Wir können auch gerne mein Auto nehmen, wenn das recht ist."

Natürlich waren wir einverstanden, verabschiedeten uns kurz und gingen die Treppen hoch zu unserem Büro, um unsere Jacken zu holen.

Wir trafen uns im Hof, und Herr Leitinger, der Kollege von vorhin, führte uns zu seinem Polizeiauto.

Er meinte „Gut, dass ich bei der Firma Klostermeier angerufen habe. Sie hätten die Leiche in zwei Stunden zum Einäschern gebracht. Ich habe ihnen mitgeteilt, dass der Tote noch nicht freigegeben ist und wahrscheinlich in den nächsten Stunden abgeholt wird."

„Sehr gut gemacht, Herr Leitinger, erwiderte ich, „aber jetzt starten wir auf die Rusel."

Wir fuhren in Richtung Rusel und am Absatz nahmen wir den Forstweg, der normalerweise für Autos gesperrt ist.

Herr Leitinger schaltete sein Blaulicht ein und so kamen wir ohne Beschwerden an der Unfallstelle an. Es war auch nicht viel los, kaum Wanderer oder Radfahrer unterwegs. Er zeigt uns, wo das E-Bike und der Verunglückte bei seiner Ankunft gelegen sind.

„Laut den Zeugen wurde bis zu meinem Eintreffen nichts am Unfallort verändert. Also gehen wir davon aus, dass der Fundort, wie wir ihn vorfanden, auch dem tatsächlichen entspricht", meinte Herr Leitinger. Er zeigt uns wo das E-Bike gelegen hatte und die Stelle, wo Karl-August gefunden wurde. Wir schritten die Distanz ab und es waren über sechs Meter Differenz.

„Frau Stöcklgruber, was denken sie?" wollte ich von ihr wissen. Ich konnte mich in der Vergangenheit immer auf ihren Sachverstand verlassen. Daher war mir ihre Einschätzung sehr wichtig.

„Herr Kommissar", erwiderte Frau Stöcklgruber in überzeugendem Ton „ich denke, hier ist etwas oberfaul. Ein Unfall mit einem E-Bike ohne Bremsspuren, ohne irgendwelche Hindernisse, ohne erkennbaren Grund. Außerdem ist die Entfernung zwischen E-Bike und Opfer für einen normalen Unfall zu groß. Über sechs Meter! Da stimmt meiner Meinung nach etwas nicht. Wir sollten der Sache wirklich auf den Grund gehen. Auf jeden Fall das Fahrrad sowie die Leiche untersuchen. Wir sollten auch den Staatsanwalt, Herrn Doktor Hofer mit einschalten, um bei der Ermittlung freie Hand zu haben."

„Genau, das machen wir", nickte ich zufrieden. „Wir reden mit dem Staatsanwalt Herrn Doktor Hofer und wenn er unsere These bestätigt, werden wir die KTU und die Gerichtsmedizinerin Frau Dr. Krankl bitten, uns genaue Ergebnisse zu liefern. Dann werden wir schon sehen."

Gesagt getan. Wir stiegen wieder in das Polizeiauto, Herr Leitinger wendete und so fuhren wir bergab in Richtung Deggendorf. Da es inzwischen kurz vor zwölf Uhr war, hatte ich die Idee, dass wir an der Metzgerei in Mietraching kurz anhalten, um uns etwas zu Mittag zu genehmigen und uns zu stärken, was meine Mitfahrer erfreut zur Kenntnis nahmen.

„Mina, weißt du noch, als wir das letzte Mal hier waren" begann ich mit vollem Mund. Die Leberkässemmel war ein Genuss. „Da kamen wir gerade von einem Mordfall auf der Rusel. Du erinnerst dich bestimmt. War alles sehr kompliziert und verworren. Aber die Leberkässemmel war damals eindeutig genauso gut wie heute."

„Ja, ja, Franz, da erinnere ich mich genau. Zu der Zeit waren wir noch ganz am Anfang mit unseren Ermittlungen und hatten noch keine Spur. Aber das änderte sich bald. Und nach drei Tagen hatten wir den Fall gelöst", meinte sie lächelnd.

Im Polizeipräsidium angekommen, bedankten wir uns bei Herrn Leidinger und begaben uns direkt zum Büro von Staatsanwalt Herrn Doktor Hofer. Seine Sekretärin begrüßte uns und fragte uns, was wir von ihm wollten. Nachdem wir ihr erklärt hatten, was wir von Herrn Doktor Hofer benötigten, rief sie kurz bei ihm an und winkte uns durch.

„Herr Doktor Hofer", begann ich „ wir benötigen ihre Einwilligung zu einer Ermittlung. Sie kennen sicher Herrn Karl-August Prinz von Natternberg, der gestern bei einem Unfall mit seinem Rad tödlich verunglückte. Wir haben nach einer Besichtigung der Unglücksstelle erhebliche Bedenken, ob es wirklich ein Unfall war. Es sprechen mehrere Indizien für einen hinterhältigen Mord oder Mordversuch."

„Na, das müssen sie mir schon genauer erklären", meinte Herr Doktor Hofer süffisant.

„Ja, natürlich, gerne. Es gibt keine Bremsspuren vor Ort, es sind keine Hindernisse auf dem Weg, es ist eine ausgebaute, übersichtliche Forststrasse, kein Feldweg oder ähnliches. Herr Prinz von Natternberg kam über sechs Meter von seinem E-Bike entfernt zum Liegen. Das spricht für einen plötzlichen, unvorhergesehenen Aufprall. Aber auf was? Das möchten wir gerne untersuchen. Dafür brauchen wir ihre Einwilligung."

„Ja, sie haben mich überzeugt" antwortete er. „Herr Prinz von Natternberg war eine sehr schillernde Persönlichkeit hier in Deggendorf. Er hat es verdient, dass wir diesen Vorgang genauer untersuchen. Also meine Einwilligung haben sie. Ich reiche sie ihnen noch schriftlich nach. Aber sie können gleich loslegen."

Wir hatten erreicht, was wir wollten und verabschiedeten uns von Herrn Doktor Hofer mit der Zusicherung, ihm natürlich jederzeit einen aktuellen Stand unserer Ermittlungen zu überbringen.

Auf dem Weg zu unserem Büro schauten wir noch bei unserer Helferin vor Ort, Frau Unholzer, vorbei.

„Karin" meldete ich mich bei ihr, „wir brauchen deine Hilfe. Können wir uns in zehn Minuten im Besprechungszimmer treffen? Ist das bei dir möglich? Kannst du das einrichten?"

„Ja, ich denke das klappt. Muss nur kurz unserer Praktikantin Bescheid sagen. Sie ist momentan gerade in der Kaffeepause. Dann bin ich bei Euch."

Wir verabschiedeten uns von ihr und gingen die Treppen hoch zu unserem Büro, hängten unsere Jacken auf und gingen zum Besprechungszimmer nebenan. Ich rollte das Flip-Chart in die Nähe des Tisches, prüfte noch, ob die nötigen Stifte vorhanden und bereit waren und setzte mich neben Frau Stöcklgruber an den großen Tisch.

„Da bin ich wirklich gespannt", meinte Frau Stöcklgruber, „ob die KTU und die Gerichtsmedizin uns neue Erkenntnisse liefern können, und ob unser Bauchgefühl uns recht gibt."

„Ja, da bin ich ganz bei dir. Lassen wir uns mal überraschen, was die nächsten Stunden bringen."

Die Tür ging auf und Frau Unholzer betrat den Raum.

„Komm, setz dich zu uns", begrüßte ich sie. „Wir fangen gleich an."

Ich ging zum Flip-Chart.

„Ich schreibe schon mal auf, was wir bisher wissen oder vermuten", begann ich. „Wir können nicht ausschließen, dass Prinz Karl-August ermordet wurde. Es sind einige Punkte aufgetaucht, die uns zu denken geben. Keine Bremsspuren, der Abstand E-Bike zum Unfallopfer, die Unfallstelle selber, beziehungsweise der Forstweg, die selbst einem ungeübten Radfahrer keine Probleme bereiten sollte."

Ich schrieb mit dem roten Filzstift auf das Flip-Chart:

´E-Bike,

Abstand

Umfeld`

Dann nahm ich den grünen Filzstift und schrieb:

´Rotarier

Stadtrat FW

ehemaliger Präsident Eishockeyclub Deggendorf

Kanzlei / Insolvenzverwalter`

„Ich hoffe, ich habe nichts vergessen" fuhr ich fort. „Karin, du solltest für uns folgendes erledigen" ich schob ihr den bereitgelegten Notizblock zu.

„ Die Firma Klostermeier soll bitte die Leiche in die Gerichtsmedizin nach Straubing zu Frau Doktor Krankl bringen. Dann rufst du die Frau Doktor Krankl an und bittest sie um eine schnelle und vorläufige detaillierte Untersuchung und Feststellung der Todesursache. Anschließend informierst du die KTU, dass sie sich das E-Bike des Toten genauestens anschauen sollen auf irgendwelche Lackspuren oder Abschürfungen. Die Bremsen sollten sie auf Funktionalität überprüfen, ob hier eventuell eine Fehlfunktion auftreten kann. Die Berichte bräuchten wir natürlich, wie immer, schnellstmöglich."

Frau Unholzer notierte sich alles sorgfältig auf ihrem Block. „Mina, fällt dir noch etwas ein, was ich vergessen habe?"

„Nein, eigentlich nicht", meinte sie. „Oder doch. Karin sei doch so nett und verschaff uns eine Handyortung und die letzten Gespräche von Karl-August. Es wäre sicher von großem Wert, wenn wir wissen, mit wem er die letzten Stunden vor seinem Tod telefoniert hat und wo er sich genau aufgehalten hat. Aber ich denke, dann haben wir alles."

Frau Unholzer verabschiedete sich von uns mit den Worten „Ihr hört dann von mir, natürlich so bald als möglich" und machte leise die Türe hinter sich zu.

„So Mina, wo fangen wir an", begann ich neugierig.

„Franz, ich denke wir sollten als erstes bei Frau von Natternberg vorbeischauen. Sind die von Natternbergs eigentlich blaublütig, also Grafen oder so?"

Ich dachte kurz nach und meinte „Ja, soweit ich mich erinnern kann, heißt Karl-August offiziell: Prinz Karl-August von Natternberg."

„Und seine Frau ist dann die Prinzessin" stelle sie belustigt fest.

„Ja genau! Übrigens, habe ich dir schon die Geschichte erzählt, wo ich bei einer Siegerehrung, ich glaube es war im Tennisclub, den Sponsor des Turniers den Graf Ulrich von Ocra nicht mit seinem Titel begrüßt habe?"

„Ja, die Geschichte kenn ich schon. Ist nicht besonders gut für dich ausgegangen, oder?" meinte sie.

Ich nickte leicht pikiert.

Es war inzwischen früher Nachmittag und wir machten uns auf den Weg zu Frau von Natternberg. Wir nahmen mein Auto und so fuhren wir auf der Neusiedlerstraße in Richtung Hirzau. Ich hatte mich vorher noch schlau gemacht und die Adresse von Frau von Natternberg im Internet gegoogelt: Dreitannenriegelstraße 34. Ich kannte mich in dem Gebiet ganz gut aus, da ich dort einen alten Schulfreund hatte, den ich immer wieder besuchte.

Wir hielten vor der Adresse und ich klingelte. Die Sprechanlage ging an und nachdem ich uns vorgestellt hatte und um ein Gespräch gebeten hatte, wurden wir von Frau von Natternberg an der Tür empfangen.

Wir gingen einen langen, hellen Gang entlang, Frau von Natternberg ging voraus und wir folgten ihr. Sie war eine schlanke, grauhaarige ältere Dame, mit einem wachen Blick hinter einer goldenen, randlosen Brille. Alles an ihr hatte irgendetwas grazienhaftes, oder bildete ich mir das nur ein? Aber egal.

Sie öffnete die Türe die in ein Wohnzimmer führte. Es war sehr elegant, aber meiner Meinung nach nicht gemütlich eingerichtet. Überall lagen kleine Deckchen und Kissen.

Sie zeigte auf die Couch und wir setzten uns.

„Frau von Natternberg, ich bin Hauptkommissar Franz Breslmaier und das ist meine Kollegin Kommissarin Philomena Stöcklgruber von der Mordkommission Deggendorf".

Ich zeigte ihr unsere Ausweise und fuhr fort: „Zunächst möchten wir unser Beileid zum Tod ihres Mannes ausdrücken.... Aber wir haben den Verdacht, dass ihr Mann nicht verunglückt ist, sondern dass er Opfer eines Mordanschlages wurde. Wir haben den Tatort begutachtet und uns ist einiges nicht schlüssig. Wenn es nun wirklich Mord ist, und davon gehen wir aus, haben sie einen Verdacht, wer ihren Mann ermordet haben könnte?"

„Nein", meinte sie mit fester Stimme „ich kann mir nicht vorstellen, wer an seinem Tod irgendeinen Vorteil hätte. Natürlich ist er durch seine Arbeit immer irgendwie mit seltsamen Personen umgeben, die ihm nicht gut gesonnen sind. Aber Mord? Nein, das kann nicht sein."

„War Ihnen in letzter Zeit irgendetwas aufgefallen, dass sich ihr Mann anders verhalten hat, hat er ihnen gegenüber etwas geäußert, das ihnen aufgefallen ist?" wollte ich von ihr wissen.

Sie überlegte kurz und meinte „Karl-August hat vor ein paar Tagen zu mir so nebenbei gesagt, dass er am Laptop so komische Schreiben erhalten habe. Aber genaueres hat er nicht von sich gegeben. Ich habe auch nicht nachgefragt. Er hat das so belanglos von sich gegeben. Aber so war er halt. Wissen sie, wenn man sich so lange kennt braucht es nicht viele Worte um zu wissen, ob es wichtig oder unwichtig ist. Und für mich war das belanglos. Ich habe nichts darauf gegeben."

„Könnten wir uns den Laptop ihres Mannes genauer anschauen? Würden sie uns den mal mitgegeben? Vielleicht ist ja etwas dran an dem was ihr Mann von sich gegeben hat."

„Kein Problem. Natürlich können sie den mitnehmen. Ich kann sowieso nichts damit anfangen."

Wir standen auf und sie ging mit uns in das an das Wohnzimmer angrenzende Arbeitszimmer. Dort lag auf dem Schreibtisch der besagte Laptop. Ich schaltete ihn kurz ein und der Computer fuhr hoch. Natürlich war er mit einem Kennwort geschützt. Aber vielleicht hatten wir ja Glück und Frau von Natternberg kannte das Passwort.

„Frau von Natternberg", fragte ich sie, „kennen sie das Passwort für den Laptop? Wäre natürlich sehr hilfreich."

„Ja", meinte sie. „Karl-August hatte immer das gleiche Passwort für all unsere Internetzugänge. Ich weiß es sogar auswendig."

Ich holte meinen Notizblock aus meiner Jacke und knipste meinen Kugelschreiber an.

„Das Passwort ist: ′Karl minus August, die Anfangsbuchstaben großgeschrieben und dann 1234 und Raute."

„Danke Frau von Natternberg. Damit haben sie uns sehr geholfen. Ich fuhr den Laptop herunter, steckte das Netzteil ab und gab ihn an Frau Stöcklgruber weiter.

„Sollten wir noch Fragen an sie haben, so melden wir uns umgehend bei ihnen", bemerkte ich noch und gab ihr noch meine Visitenkarte.

Wir verabschiedeten uns und fuhren zurück in die Polizeiinspektion.

„Was meinst du Mina", begann ich das Gespräch während der Autofahrt. „Ist dir etwas aufgefallen? Für mich wirkte Frau von Natternberg ganz gefasst und eigentlich reserviert. Ich glaube, die hatte in ihrer Ehe keinen leichten Stand, oder?"

„Ja, da kannst du recht haben. Das gleiche habe ich auch gespürt. Ich glaube, eine Ehe mit so einem Mann, wie es Karl-August war, ist wirklich kein Zuckerschlecken. Da musst du sicher große Abstriche machen. Du bist eben nur die Person hinter dem Mann, die repräsentative Funktionen übernehmen muss. Aber sonst? Du führst dein eigenes Leben. Der Mann ist die Hauptperson. Aber er verschafft dir auch ein Leben im Luxus ohne dass du dich abarbeiten musst. Ist doch auch nicht schlecht, oder?"

„Ja, das wünschte ich mir auch des Öfteren", meinte ich und blinzelte ihr zu.

Ich parkte das Auto ein, angelte mir den Laptop von Karl-August vom Rücksitz und wir gingen zusammen in das Polizeipräsidium. Ich wollte noch schnell den Laptop in unsere IT-Abteilung zur Untersuchung abgeben und uns dann wieder im Büro treffen.

Also ging ich in das Untergeschoss wo die IT-Abteilung ihre Räume hatte.

Herrn Klaus Sagstetter, den Chef der Abteilung, kannte ich sehr gut. Er war ein kleiner untersetzter Mittfünfziger mit schütterem Haar, aber immer gut gelaunt. Er hatte mich schon des Öfteren aus der Patsche geholfen, wenn die Technik nicht so wollte wie ich.

„Klaus", begrüßte ich Herrn Sagstetter „ich habe einen Laptop mit dabei, von Prinz Karl-August von Natternberg. Du hast sicherlich schon von seinem vermeintlichen Unfall gehört. Ich möchte, dass du so schnell wie möglich den Laptop auf verdächtige E-Mails, auf Informationen untersuchst, die uns vielleicht weiterhelfen können. Wir gehen nämlich davon aus, dass es kein Unfall, sondern Mord war."

Herr Sagstetter erschrak sichtlich. „Ja das ist ja ein Ding. Prinz Karl-August ermordet? Natürlich habe ich von seinem Unfall gehört und gelesen. Wurde ja ausführlich darüber berichtet. Ja, ich setz mich gleich dran und gebe dir sofort Bescheid, wenn ich was finde. Ich hoffe du hast sein Passwort."

„Natürlich, was denkst du denn. Karl minus August, großgeschrieben, und dann 1234 Raute".

Herr Sagstetter war sichtlich erleichtert und notierte sich das Passwort.

„Na, dann kann es ja losgehen". Ich übergab ihm den Laptop und das Netzgerät. „Ach, übrigens", meinte er noch „Kennst du schon den Witz, wie der ehemalige Präsident Trump bei einer Visite in Israel verstorben ist und ..."

„Ja, ja", unterbrach ich ihn „ den hast du mir vor kurzem in der Kantine erzählt. Hat mich sehr amüsiert. Wir haben viel gelacht. Ich kenne aber auch einen passenden für dich:

Ruft ein Ratsuchender die Computer-Hotline an und fragt: ich installiere gerade Windows, was soll ich drücken? Antwort von der Hot-Line: beide Daumen!! Ist der nicht gut?"

Herrn Sagstetter schüttelte es vor lauter Lachen.

„Gib mir Bescheid, sobald du etwas weißt" fügte ich noch hinzu und verabschiedete mich von ihm. Sein Lachen verfolgte mich noch einige Meter. Na wieder einen Treffer gelandet.

Ich ging hoch zu unserem Büro. Es war inzwischen schon nach 16:00 Uhr und der Feierabend rückte näher. Mina saß an ihrem Schreibtisch und blickte gespannt auf ihren Monitor.

„Na", meinte ich „was Neues gefunden?"

„Nein, leider nicht. Ich habe nur im Internet nach unserem Prinzen gesucht. Aber nichts Weltbewegendes gefunden. Er hatte ja einige Betätigungsfelder. Vor allem früher, so vor etwa 15 bis 20 Jahren, war er sehr aktiv. Aber meistens nicht sehr erfolgreich. Investitionen im Osten nach der Wende in Immobilien. Totale Pleite! Zugleich Vorsitzender oder Präsident des Deggendorfer Eishockeyclubs: In die Insolvenz geführt! Im Deggendorfer Golfclub war er Vorsitzender des Beirats. Wenn die Mitglieder nicht mit großem finanziellen Einsatz geholfen hätten ….. Also alles nicht sehr einträglich. Dann war da noch ein Artikel in der Deggendorfer Zeitung am 03.01.2012. Überschrift: ′Konkursverwalter ist selber pleite: Er steht wegen Untreue vor Gericht`. In dem Artikel, ich schicke ihn dir auch als E-Mail, geht es um gewerbsmäßige Untreue. Er hat sich in mehreren Fällen aus der Insolvenzmasse bedient. Außerdem wurde im Jahr 2011 über sein

Vermögen das Insolvenzverfahren eröffnet. Also alles sehr ernüchternd. Auf gut deutsch: unser Prinz hatte eheblich finanzielle Probleme. Das alles hat sich natürlich auch auf seine Arbeit als Rechtsanwalt und Konkursverwalter ausgewirkt. Ich kann mir nicht vorstellen, dass seine Kanzlei davon unberührt blieb. Also sollten wir auch hier mal nachschauen, ob nicht auch von der Seite her Gründe vorliegen, um ihn ...."

Ich fiel ihr ins Wort: „Ja, da hast du natürlich recht. Sollten wir uns für morgen vornehmen."

In diesem Moment klingelte mein Festnetztelefon.

Ich meldete mich nach dem zweiten Klingeln „Breslmaier, ja bitte"?

„Ich bins, der Klaus von der IT-Abteilung. Ich habe dir ja versprochen, dass ich dich sofort informiere, wenn wir auf dem Laptop vom Karl-August etwas Verdächtiges entdecken. Und wirklich: wir haben drei Erpresser- oder Drohbriefe gefunden. Leider können wir den Absender nicht nachverfolgen. Ist sehr professionell verschlüsselt. Die Details erspare ich dir. Könnte aber deine Vermutung bestätigen. Ich schicke dir die drei Briefe als E-Mail.... Sind schon unterwegs. Ansonsten sind wir noch mit dem Laptop beschäftigt. Einen ausführlichen Bericht bekommst du morgen Vormittag." Damit verabschiedete er sich und ich hänge den Hörer ein.

„Mina, wir haben eine Spur! Endlich."

Ich fuhr meinen Computer hoch und öffnete mein Postfach. Da war zum einen der Zeitungsbericht, von Mina gesendet, und dann die angekündigte E-Mail der IT-Abteilung. Angehängt waren die drei Schreiben, die ich sofort öffnete und ausdruckte. Sehr nützlich war, dass jedes Schreiben mit einem Datum versehen war. So konnte ich sie zeitlich genau zuordnen.

Der erste Drohbrief war datiert auf den 15. Juni 2018:

Bitte überlegen sie sich genau, auf welche Seite sie sich stellen!!!!

Der zweite datiert auf den 29. Juni 2018:

Noch nichts dazu gelernt. Ich fordere sie nochmals auf, Ihren Standpunkt zu ändern!!!

Der dritte datiert auf den 12. Juli 2018:

Dies ist meine letzte Warnung. Wenn sie nicht einsichtig werden, dann passiert etwas!!!

Vor allem der letzte Drohbrief war doch sehr eindeutig und beunruhigend. Knapp drei Tage vor dem Mord. Aber wer kam dazu in Frage? Was sollten die Drohungen? In welche Sache war unser Prinz involviert?

Ich nahm die drei Schreiben und zeigte sie Frau Stöcklgruber. Sie schüttelte entsetzt den Kopf und sah mich fragend an.

„Nein Mina, ich habe keine Ahnung. Womit wurde Karl-August bedroht, das sogar einen Mord rechtfertigt? Ich pinge die Schreiben an unser Flip-Chart. Wir sollten uns gleich morgen früh mit Frau Unholzer zusammensetzen und vielleicht finden wir einen gemeinsamen Nenner. Mal schauen, was die KTU und die Gerichtsmedizin uns sagen können. Für heute reicht's mir. Wie wärs noch mit einer Currywurst beim Otto?"

„Eine gute Idee, Franz" meinte sie. „Ich ruf noch Frau Unholzer an und geb ihr Bescheid, dass wir uns um sieben Uhr, morgen zu einer Besprechung treffen möchten". Damit griff sie zum Telefonhörer und ich ging in das Besprechungszimmer nebenan und heftete die drei Schreiben an das Pin-Board.

Anschließend machten wir uns auf den Weg zum Otto. Der Biergarten war, wie immer bei so einem Wetter, bestens besucht. Otto erkannte uns sofort und kam auf uns zu. Er meinte, dass wir nur kurz warten sollten, bis der Tisch hinten links im Eck frei werden würde. Und wirklich, nach ein paar Minuten wurde der Tisch frei und wir schlängelten uns zu unserem Platz. In der Zwischenzeit hatten wir natürlich Zeit, die Besucher des Biergartens zu mustern. Es waren wieder einige Bekannte unter den Gästen. Aber zu einem Gespräch oder einem Plausch war ich momentan nicht aufgelegt. Zu viel war heute passiert. Mein Kopf war noch im Kriminalmodus. Aber das konnte sich schnell ändern.

Wir setzten uns und Otto, der Besitzer des Wirtshauses, kam zu uns um die Bestellung aufzunehmen. Ich orderte eine Currywurst mit Pommes sowie ein Weißbier und Mina Spaghetti zusammen mit einem Glas Weißwein.

Um uns auf andere Gedanken zu bringen, meinte ich zu Frau Stöcklgruber gewandt: „Du Mina, wie hat dir denn das Konzert von der Band Horseapple im Kapuzinerstadl gefallen?"

„Oh mei, Franz, das war einfach toll. Was die Band an Spiellust rüberbringt ist unglaublich und das reißt dich einfach mit. Und dann die alten Songs: einfach Spitze. Und wie die Leute getanzt haben. Allein, zu zweit und zu dritt. Habe ich selten so gesehen. Hat richtig Spaß gemacht. Können wir gerne wieder machen. Deine Frau Claudia war ja auch nicht mehr zu erkennen. So ausgelassen habe ich sie ja noch nie erlebt. Ein wirklich schöner Abend. Du hast doch immer die besten Ideen".

Otto kam mit den Bestellungen und wünschte uns einen guten Appetit.

Die Currywurst war wie immer ein Genuss. Wir ließen es uns schmecken. Nachdem Otto die Teller abgeräumt hatte, lehnte ich mich entspannt zurück und meinte: „Na Mina, ist das Leben nicht lebenswert?"

„Franz, da hast du Recht. So ein Abend zeigt uns doch, was wirklich wichtig ist im Leben. Nicht nur Arbeiten und Schuften, sondern auch mal genießen."

„Da hast du wie immer Recht. Ahh Mina, was ich dich immer schon mal fragen wollte: wie kommst du denn zu deinem ungewöhnlichen Vornamen? Ist ja nicht gerade alltäglich. Mir gefällt er übrigens sehr gut…. Philomena …. Er passt wunderbar zu dir. Ich könnte mir keinen anderen vorstellen… Jetzt erzähl mal."

„Der Name kommt von der Schwester meiner Großmutter. Wir nannten sie immer Oma Mina und meiner Mutter hat der Name so gefallen. Außerdem war die Oma Mina eine ganz eine Nette. Und so bekam ich den Namen Philomena. Inzwischen könnte ich mir auch keinen anderen Vornamen für mich vorstellen. Er passt einfach zu mir und ich zu ihm. Aber ab und zu schauen die Leute schon a bisserl komisch, wenn sie meinen Vornamen hören. Aber da stehe ich drüber. Weißt du ja."

Ich nickte zustimmend, hob mein Weißbierglas und prostete ihr zu.

Gerade wollte ich einen Schluck nehmen, als mir jemand auf den Rücken klopfte.

„Ja Grüß Dich Franz! Heute beim Otto in so charmanter Gesellschaft? Wer ist denn die hübsche Dame? Muss ich sie kennen?"

Ich drehte mich um und erkannte den Manfred, Manfred Lantenhammer, ein guter Bekannter und Freund.

„Hallo Manfred, du hier?" begrüßte ich ihn und schüttelte kräftig seine Hand, die er mir entgegenstreckte. „Ja, das ist meine Kollegin im Morddezernat. Frau Kommissarin Philomena Stöcklgruber. Meine rechte Hand, wenn du willst. Ich bin immer glücklich, sie neben mir zu haben."

„Na das kann ich gut verstehen", meinte er süffisant. „Übrigens hast du schon vom Unfall von Prinz Karl-August gehört? Ist ja wirklich sehr tragisch, der Unfall mit seinem neuen E-Bike. Wir, von den Rotariern, waren ja zu seinem fünfundsiebzigsten Geburtstag mit eingeladen und haben sein neues E-Bike bewundert."

„Ahh, das ist ja interessant. Setz dich doch kurz zu uns. Ich ermittle in dem Fall und hätte da noch ein paar Fragen an dich bezüglich Karl-August, er war ja bei euch, den Rotariern, im Verein aktiv."

Manfred setzte sich auf den freien Platz zwischen Mina und mir und spitzte die Ohren.

„Manfred, ihr wart doch beide bei den Rotariern in Deggendorf. Wie war denn Karl-August im Club vertreten? Hatte er irgendwelche Mitglieder, die ihm nicht gut gesonnen waren?"

„Warum willst du denn das wissen? Gibt es etwas, was ich noch nicht weiß?"

„Wir ermitteln inzwischen in einem Mordfall. Karl-August wurde umgebracht. Es war definitiv kein Unfall."

„Ohh, Mann...", meinte er sichtlich bestürzt. „Zu deiner Frage: ja so sehr beliebt war er im Club auch nicht. Er hatte so seine ´Gefolgsleute`. Aber er war halt ein Pfau, der sich in seinem Adel und Erscheinen sonnte. Aber für mich war er ein Mensch, der zwei Seiten hatte. Die eine, die, wie ich schon sagte, nach außen gekehrte und die innere, die persönliche Tiefschläge verkraften musste, die er sich alle selber zuzuschreiben hatte. Persönliche Insolvenz, Gerichtsverurteilung und und und.... Natürlich hatte er auch bei den Rotariern seine Gegner. Aber ein Mord? Nein, das würde ich Keinem aus dem Kreis zutrauen. Dafür sind wir alle zu sehr Clubmitglieder und dem Geist der Rotarier zugewandt. Und hast du schon eine Spur?" wollte er noch von mir wissen.

„Nein, momentan leider nein. Wir stehen noch am Anfang unserer Ermittlungen. Einzelheiten kann ich dir leider nicht sagen. Das verstehst du doch sicher. Prinz Karl-August war ja auch philosophisch angehaucht, habe ich gehört. Apropos Philosoph. Kennst du schon die Geschichte, wie ich vor Jahren mit meine Frau Claudia in Griechenland war und Einzelheiten über die großen Philosophen erkunden wollte und was uns dabei passiert ist?"

„Na klar, Franz, die habe ich doch schon öfters gehört. Aber habe ich dir schon von dem Fußballspiel erzählt, an dem ich das erste Mal die Bayern gesehen habe? Meidericher SV gegen Bayern München 1971. Es war ein wunderschöner Tag, ganz schön warm und sonnig und ich hatte Karten für die zweite Reihe, Sitzplatz natürlich. Wir gewannen mit 3:0 gegen die Bayern. Erinnerst du dich noch?"

Ich musste gestehen, dass ich mich überhaupt nicht an die Geschichte erinnern konnte. Aber ich wusste, dass Manfred ein unglaubliches Langzeitgedächtnis hat. Was der sich alles merken konnte ….

„Ich weiß sogar noch die Aufstellung und wer die Tore für den Meidericher SV geschossen hat. Der junge Dietz war schon mit dabei und machte ein super Spiel!" meinte er gelassen.

„Was du alles weißt und wie du dich daran erinnern kannst. So jemand könnten wir gut bei uns in der Inspektion brauchen. Die jungen Mitarbeiter können sich maximal daran erinnern, was sie gestern gemacht haben. Mehr nicht. Die würdest du sicher total beeindrucken", meinte ich süffisant.

„Na ja, dafür, denke ich, bin ich doch schon zu alt, aber mit so einer netten Mitarbeiterin wäre es doch eine Überlegung wert", meinte er und zwinkerte vielsagend zu Philomena.

Damit stand er auf, verabschiedete sich von uns und wünschte uns noch einen schönen Abend. War doch sehr interessant, was er uns von Karl-August berichten konnte. Allmählich konnten wir uns ein Bild von ihm machen, von der Persönlichkeit und seinen Problemen.

„Franz", begann Mina „spielen die Horseapple eigentlich in nächster Zeit wieder? Ich fand den Abend im Kapuzinerstadl einfach toll. So kurzweilig und inspirierend. Man konnte so richtig die Seele baumeln lassen. Würde ich sofort wieder gerne erleben. All die alten Songs, mit denen man aufgewachsen ist . Mein Vater war totaler Fan von den Beatles und den Stones. Lief bei uns jeden Tag. Daher habe ich die Songs alle gespeichert und sie erinnern mich an meine Jugend."

„Na Mina, da muss ich erst schauen, wo sie das nächste Mal auftreten. Schön wäre es, wenn wir sie mal auf einem ´open-air` Konzert erleben könnten. Ich schau mal, ob sie auch beim Donaustrandfest auftreten. Und dann geb ich dir Bescheid. Machen wir das so?"

„Na klar, gute Idee. Ich bin dabei".

Wir quatschten noch ein bisschen, bestellten uns nochmal etwas zum Trinken und ließen den Abend entspannt und erholsam ausklingen.

TAG 2 – Mittwoch 11. Juli 2018

Der Tag begann wie jeder andere. Gemütlich die Zeitung durchblättern, Tee schlürfen und ein Müsli genießen. Na ja, Rühreier mit Schinken und eine frische Semmel wären …. Aber meine Frau meint es nur gut mit mir. Weniger Kohlehydrate und viel Vitamine ist der Weg in die Zukunft. Das war ihr Spruch und an den hielt ich mich, zumindest am Morgen.

Meine Frau Claudia war wie immer gut gelaunt und wir verabredeten uns am Abend zu einem Badeausflug nach Metten in das dortige kleine, aber schnuckelige Freibad. Wir hatten beide eine Jahreskarte, also war das Schwimmen dort für uns immer eine gute Gelegenheit, den Tag dort ausklingen zu lassen. Sie wollte mit dem Rad hinfahren und ich sollte mit dem Auto nachkommen, wenn mein Dienst beendet war.

Beim Weg zu meinem Auto in unserer an das Haus angebundenen Tiefgarage begegnete ich unserer Nachbarin, Christine Frommherz. Wir begrüßten uns recht herzlich. Natürlich wollte sie wissen wie es mir geht und ob es schon neue Erkenntnisse im Fall Prinz Karl-August gäbe. Woher wusste sie denn, dass ich daran ermittelte? Aber ich wusste, dass sie immer gut informiert war. Sie hatte so ihre Quellen.

Ich teilte ihr mit, dass es noch keine neuen Erkenntnisse gäbe, dass ich ihr aber sofort Bescheid geben würde, wenn ich etwas Neues erfahren sollte.

Damit gab sie sich zufrieden, wir verabschiedeten uns und ich stieg in mein Auto.

Besprechungsraum im Polizeipräsidium 7:00 Uhr

Anwesend: Karin Unholzer, Philomena Stöcklgruber, Franz Breslmaier

Ich blickte in die Runde und eröffnete die Besprechung: „Schön, dass ihr beide schon da seid. Ich würde vorschlagen, dass Karin mit ihren neuesten Informationen beginnt. Bitte Karin".

Frau Unholzer holte ihr Notizbuch hervor und begann:

„Ich habe natürlich einige neue Infos, die sehr interessant sind. Natürlich sind alle vorläufig und noch nicht rechtlich abgesichert. Aber die schriftlichen Berichte sollen heute Vormittag eintreffen. Also zunächst zur KTU: sie haben das E-Bike untersucht und folgendes festgestellt: es wurde unter dem Sattel des Rads ein GPS-Tracker gefunden. Sie sind noch dabei, den Tracker genauestens zu untersuchen. Das zweite, das sie fanden, sind vorne am Holm, knapp über dem Licht, frische Abriebspuren im Lack. Laut KTU könnten diese von einem Stahlseil oder Ähnlichem stammen. Das Seil sollte einen Durchmesser von 5 bis 10 mm aufweisen."

Sie blätterte um. „Nun zur Gerichtsmedizinerin: Frau Doktor Krankl hat an beiden Schienbeinen Hämatome festgestellt. Diese müssen bei dem Unfall von Karl-August entstanden sein, was die Färbung bestätigt. Frau Doktor Krankl vermutet, dass Karl-August bei seinem abrupten Abstieg vom E-Bike, mit den Schienbeinen am Lenker hängen geblieben ist, sich deshalb überschlagen hat und dann unglücklich mit dem Kopf aufgeschlagen ist und sich dadurch das Genick gebrochen hat, was zum sofortigen Tod führte. Die Info von der KTU, dass es sich bei dem Tatwerkzeug wahrscheinlich um ein dünnes Stahlseil handelt, hat sie bereits vorab bekommen, was ihre Theorie mit den Hämatomen an den Schienbeinen nur bestätigt."

„Also", erwiderte ich, sichtlich aufgebracht „kommt für mich als Tatwerkzeug ein dünnes Stahlseil in Betracht. Aber das hilft uns jetzt nicht unbedingt weiter. Interessanter für mich ist der GPS-Tracker. Der, oder die Täter, müssen technische Kenntnisse besitzen und außerdem eine App auf ihrem Handy oder Laptop haben, mit der sie den GPS-Tracker verfolgen können. Wenn wir die App bei einem Verdächtigen finden, haben wir auch den Mörder. Klingt doch ganz einfach oder?"

Ich blickte neugierig in die Runde.

„Tja" meinte Frau Unholzer „ da hast du natürlich Recht. Aber wer ist der Verdächtige oder sind die Verdächtigen?"

„Das ist momentan unser Problem" meinte ich ernüchtert. „Wie sollen wir weiter vorgehen? Hat jemand einen Vorschlag?"

„Also, wir müssten als erstes herausfinden, wer unseren Prinzen so unter Druck gesetzt hat" entgegnete Mina. „Wir sollten unsere Ermittlungen fortsetzen. Es fehlen uns noch der Eishockeyclub, seine Partei, die Freien Wähler und seine Kanzlei. Und in dieser Reihenfolge würde ich vorgehen. Was meint ihr?"

Sie schaute fragend in die Runde und wir bestätigten ihren Vorschlag mit einem Nicken. „Ja, so machen wir es", bestätigte ich ihre Frage.

„Wir beginnen mit dem Vorstand vom Eishockeyclub dem DSC, Herrn Vogl. Karin, würdest du uns zwei bei ihm anmelden? Wir können in einer halben Stunde, also um acht Uhr, bei ihm vor Ort sein. Gib mir bitte Bescheid, ob der Termin klappt".

Wir verabschiedeten uns und ich ging mit Frau Stöcklgruber zurück in unser Büro.

Ich fuhr meinen Computer hoch und begann damit, die bisherigen Ermittlungen einzugeben. Frau Unholzer bestätigte mir telefonisch den Termin um acht Uhr bei Herrn Vogl und so machten wir uns umgehend auf um ihn zu treffen. Es war nicht viel Verkehr und so kamen wir recht zügig voran. Ich parkte das Auto auf dem großen Parkplatz gegenüber dem Gebäude in dem Herr Vogl seine Physiopraxis hatte.

Wir gingen in das Haus an der Finanzamtkreuzung. Der Eingang war an der Seite neben einem Lokal und wir fuhren mit dem Aufzug in den zweiten Stock. An der Anmeldung stellten wir uns vor und fragten nach Herrn Arthur Vogl.

„Er ist gerade in einer Behandlung, aber ich schau mal, ob ich ihn loseisen kann", meinte die Dame hinter dem Tresen.

„Herr Vogl kommt sofort", teilte uns die nette Empfangsdame, nachdem sie mit Herrn Vogl telefoniert hatte, mit. Sie bot uns einen Platz gegenüber dem Tresen an und wir setzten uns.

Kaum dass wir uns hingesetzt hatten, kam auch schon Herr Vogl auf uns zu. Wir stellten uns vor und er wollte wissen, warum wir ihn aufsuchten.

„Herr Vogl", begann ich „wir untersuchen den Tod von Herrn Prinz Karl-August von Natternberg. Sie haben ja sicher schon davon gehört. Er war in der Zeit von 1999 bis 2002 der Vorstand des Deggendorfer Schlittschuhclubs. Im Jahr 2002 musste er dann Konkurs anmelden. Könnten sie sich vorstellen, dass es aus dieser Zeit noch Personen gibt, die ihm nicht gut gesonnen sind? Die ihm sein Vorgehen noch nachtragen?"

„Nein", meinte Herr Vogl „das kann ich mir definitiv nicht vorstellen. Damals war ja auch eine andere Zeit. Natürlich war es schon sehr komisch, dass der Vorstand des Clubs, der selber Insolvenzverwalter war, dann bei seinem Verein Insolvenz anmelden musste. Das hatte schon einen eigentümlichen Beigeschmack. Aber warum fragen sie? War es denn kein Unfall, an dem der Prinz verstorben ist?"

„Wir gehen inzwischen von einem Mordversuch aus. Deshalb sind wir auch bei Ihnen, um Hintergründe zu erforschen, um Prinz Karl-August von Natternberg besser kennen zu lernen. Er wurde in letzter Zeit auch noch unter Druck gesetzt. Wir fanden auf seinem Computer drei Erpresserschreiben. Sie haben auch keine Ahnung, von wem die stammen könnten, wer ihm drohen könnte?" wollte ich von Herrn Vogl wissen.

„Nein", meinte er. „ich hatte auch die letzten Jahre keinen Kontakt mehr zu Herrn von Natternberg, verständlicherweise".

Wir bedankten uns bei Herrn Vogl, gaben ihm unsere Visitenkarten und verabschiedeten uns von ihm.

„Das war ja nicht besonders ertragreich, oder Mina? meinte ich etwas ernüchtert, „Aber jetzt zu seiner Kanzlei in der Bahnhofstrasse. Da verspreche ich mir doch etwas mehr Informationen. Ich denke, da können wir auch ohne Voranmeldung auftauchen, oder was meinst du, Mina?"

„Ja, ich denke schon. Vielleicht ist es ganz gut, wenn wir überraschend auftauchen."

So machten wir uns auf den Weg zu dem Gebäude in der Bahnhofstrasse, das schon sehr betagt wirkte mit den Erkern und altmodischen Verzierungen. Aber irgendwie passte es zu Karl-August.

Die Kanzlei lag in einem Bereich mit vielen Geschäften. Es herrschte reger Betrieb. Wir fuhren in den Parkplatz vor dem Haus, in dem die Kanzlei von Prinz Karl-August lag. Laut Hinweisschild am Eingang sollten wir die Räume von Karl-August im ersten Stock finden. Die Eingangstür war offen und wir gingen die Treppen hoch in den ersten Stock. Die Türe zu den Räumlichkeiten war auch nur angelehnt. Trotzdem klopfte ich und nachdem ein freundliches „Ja bitte" von innen ertönte betraten wir die Kanzlei.

Am Empfang saß eine adrette Blondine mittleren Alters, die uns neugierig musterte und wissen wollte, was sie für uns tun kann.

„Wir möchten gerne mit dem Stellvertreter von Prinz von Natternberg sprechen, der uns über den Verstorbenen etwas berichten kann. Wir sind von der Mordkommission Deggendorf. Ich bin Hauptkommissar Breslmaier und das ist meine Kollegin, Frau Stöcklgruber", antwortete ich ihr.

„Bitte warten sie einen Moment, ich schau mal, ob Herr Begerow Zeit für sie hat". Damit stand sie auf, klopfte an die Türe links von ihr und verschwand. Kurze Zeit darauf kam sie wieder heraus und bat uns einzutreten. Herr Begerow hätte jetzt Zeit für uns.

Herr Begerow stand bei unserem Eintreten von seinem Schreibtisch auf und kam uns entgegen. Er war ein gutaussehender Mittvierziger, hatte einen eleganten, sicher nicht billigen, schwarzen Anzug und eine passende Krawatte an und bedachte uns mit einem freundlichen Lächeln zur Begrüßung.

„Mein Name ist Dirk Begerow, der Kollege von Prinz von Natternberg", begann er unser Gespräch „ich bin überrascht, sie in unseren Räumen zu sehen. Der Unfall von Prinz Karl-August von Natternberg ist doch inzwischen sicherlich abgeschlossen, oder gibt es etwas Neues?"

„Ja", bemerkte ich. „Es gibt neue Erkenntnisse, dass es kein Unfall, sondern Mord war. Daher sind wir bei ihnen, um eventuell von Ihnen zu erfahren, wer an dem Tod von Prinz Karl-August Interesse gehabt haben könnte. Dürfen wir uns setzen"?

„Ja natürlich, entschuldigen sie, aber gerne". Damit führte er uns zu einer Sitzgruppe, die, wie anscheinend alles in der Kanzlei, alt und abgewohnt wirkte. Dunkelbrauner Breit-Cord ist nicht unbedingt mein Favorit, wenn es um Möblierung geht. Aber die Geschmäcker sind verschieden, Gott-sei-Dank.

Nachdem Herr Begerow einige Akten weggeräumt hatte, setzten wir uns und ich begann das Gespräch:

„Herr Begerow, wie gut kannten sie Prinz von Natternberg? Können sie sich vorstellen, dass ihm jemand von seinen Klienten Erpresserbriefe schicken könnte?"

Herr Begerow schüttelte energisch den Kopf. „Nein, absolut nein. Wir sind zwar Insolvenzverwalter und das heißt, dass wir nicht nur mit zufriedenen Klienten zu tun haben, sondern auch mit Leuten, die uns eher negativ gesinnt sind. Aber im Großen und Ganzen haben wir zufriedene Kunden. Wir stehen ja auf der Seite des Gesetzes und vertreten dies gegenüber den Klienten, aber auch gegenüber den Lieferanten und den ausstehenden Forderungen, etwa der Krankenkasse, dem Finanzamt und so weiter. Also nehmen wir den Schuldnern einiges von ihrer Last ab und helfen ihnen, sich eventuell neu zu orientieren. Meist sind die Leute total verzweifelt und benötigen unsere Hilfe. Und das ist unsere Aufgabe. Vertrauen aufbauen und auf dem Weg begleiten. So sehen wir uns. Und da war Prinz Karl-August immer unser Vorbild."

„Aber", entgegnete ich ihm „es gab auch eine andere Seite am Prinzen. Wir haben nach unseren Recherchen doch ein paar Ungereimtheiten gefunden, die den Prinzen in einem anderen, für ihn nicht sehr vorteilhaften, Licht erscheinen lassen. Es ging hier um Bereicherung an Insolvenzen, die auch rechtmäßig festgestellt wurden. Ich denke, hier könnte sich doch der eine oder andere unfair behandelt gefühlt haben".

„Nein, das, was sie gerade erwähnt haben, liegt doch so lange zurück. Das war vor etwa sieben Jahren. Und warum sollte nach so langer Zeit sich noch Irgendjemand bei ihm rächen wollen? Das ergibt für mich keinen Sinn".

"Frau Stöcklgruber, haben sie noch eine Frage an Herrn Begerow? Ich denke, wir haben genug erfahren. Vielen Dank Herr Begerow dass sie sich für uns Zeit genommen haben".

Ich schaute zu Frau Stöcklgruber und anscheinend hatte sie doch noch eine Frage.

"Herr Begerow, mich würde doch noch interessieren, wie war denn sein Auftreten in der Kanzlei, sein Umgang mit den Angestellten? Gab es hier etwa einen Kollegen oder Kollegin, die sich ungerecht behandelt fühlte?"

"Nein", meinte er sehr resolut "da war er immer sehr kollegial und zuvorkommend. Natürlich gab es ab und zu Diskussionen oder heftige Redegefechte. Aber es blieb alles immer im Rahmen des Erlaubten und ich denke, das ist in so einer Kanzlei nicht unüblich, dass man auch mal anderer Meinung ist. Aber das wurde ausdiskutiert und fair gehandhabt."

"Danke, Herr Begerow", meinte sie abschließend "vielen Dank nochmal, dass sie sich Zeit für uns genommen haben und nochmal unser tiefstes Bedauern zum Tod von Prinz von Natternberg."

Damit verabschiedeten wir uns und fuhren mit dem Auto zu unserem nächsten Termin, zu Karl-Augusts Parteikollegin, Frau Dr. Ute von Parst.

Während der Fahrt bemerkte ich: "Also Mina, die Befragungen haben bisher nicht viel gebracht. Nicht viel Neues, was wir bisher schon wussten. Hast du übrigens die Urkunden an der Wand im Zimmer von Herrn Begerow gesehen?"

„Ja, aber ich habe sie mir nicht genau angesehen. Warum, war etwas damit was ich wissen sollte?"

„Nein, das waren Urkunden über sportliche Leistungen von Herrn Begerow. Habe ich dir übrigens schon erzählt, dass ich in meiner Jugend Niederbayern am Vergleichskampf mit Österreich im Weitsprung und im 100 Meter Lauf beteiligt war?"

„Na klar, Franz, ich weiß sogar noch deine Bestleistungen! 6,54 m im Weitsprung und 11,6 Sekunden über 100 Meter."

„Lieb Mina. was hast du nur für ein Gedächtnis. Du überrascht mich immer wieder."

Inzwischen waren wir in die Einfahrt zum Haus von Frau Doktor Ute von Parst eingebogen. Es war ein Haus aus den fünfziger Jahren, großzügig, mit großen Fenstern und viel Grün um das Haus. Würde mir auch gefallen, wenn ich wählen könnte.

Wir stiegen aus und klingelten an der Tür. Eine adrette, schwarzhaarige Frau, Mitte sechzig öffnete uns die Tür. Sie schaute uns fragend an.

Ich stellte uns kurz vor und berichtete ihr von unserem Anliegen, dass wir sie gerne zu Prinz von Natternberg befragen würden, wo sie doch eine enge Parteifreundin von ihm war.

Sie bat uns herein und ging die Treppen hinab in ein großes Wohnzimmer, das sehr gemütlich und mit viel Geschmack eingerichtet war. Sie bat uns auf dem großen Sofa Platz zu nehmen. Sie selbst setzte sich auf den Stuhl gegenüber von uns. Sie fragte uns noch, ob wir etwas zu trinken möchten, was wir beide aber verneinten.

Ich begann: „Frau von Parst, vielen Dank, dass sie sich Zeit für uns genommen haben. Ich bin Hauptkommissar Franz Breslmaier und das ist meine Kollegin, Kommissarin Frau Philomena Stöcklgruber von der Mordkommission Deggendorf. Wir sind hier, weil wir im Mordfall Karl-August von Natternberg ermitteln. Er war ja Mitglied in ihrer Fraktion, den Freien Wählern, im Stadtrat und wie wir gehört haben, ihnen ein politisch und privat nahestehender Kollege. Wir haben inzwischen festgestellt, dass er drei Erpresserbriefe per E-Mail bekommen hat, mit denen er in den letzten Wochen stark unter Druck gesetzt wurde".

Frau von Parst zuckte richtiggehend erschrocken zusammen.

Ich fuhr fort. „Wir können leider den Absender nicht ermitteln und wir können die Schreiben auch noch nicht thematisch zuordnen. Vielleicht können sie uns einen Tipp geben und uns weiterhelfen."

Frau von Parst zögerte etwas.... „Ja, ich hatte in letzter Zeit das Gefühl, dass ihn etwas belastete. Ich habe ihn auch darauf angesprochen, aber er wollte mir nichts sagen. Er wich nur aus. Ich könnte mir vorstellen, dass es etwas mit dem Klosterberg zu tun hat. Er war ja vehement gegen die Bebauung des Klosterberges in Deggendorf. Sie kennen doch sicher den aktuellen Vorgang dazu. Es geht hin und her. Verschiedene Meinungen prallen aufeinander. Die Mehrheit im Stadtrat vertritt die Meinung, dass man das Baugebiet unbedingt braucht, um den vehementen Zustrom an Neubürgern auch mit Bauland zu befriedigen Die andere Seite, und da gehörte Prinz von Natternberg dazu, ist davon überzeugt, dass die bestehende Bebauung völlig ausreichend ist. Eine entsprechende Verdichtung der Innenstadt wäre völlig ausreichend. Der Prinz geht noch weiter als die Grünen im Stadtrat. Er war bei allen Demonstrationen und Versammlungen mit dabei. Er vertrat seine Meinung vehement und mit Nachdruck. Da prallten Argumente aufeinander, das können sie sich gar nicht vorstellen! Da flogen die Fetzen und nicht nur einmal. Unsere Partei war eher neutral, was die Bebauung betrifft. Wir lassen hier jedem seine eigne Meinung. Es ist auch noch zu früh, um eine einheitliche Parteivorgabe zu bekommen. Aber der Prinz war mit seiner Meinung, wie soll ich sagen, wirklich radikal. Mit der Baufirma, die die Pläne im Stadtrat vorlegte, hatte er in der Sitzung ein regelrechtes Wortgefecht. Es war wirklich kurz davor, dass sich die Beiden an die Gurgel gegangen wären, wenn nicht der OB eingegriffen hätte. Natürlich war die Mehrheit im Stadtrat für die Bebauung. Was ihn natürlich noch mehr aufregte. Aber ich denke, mit seinem Tod ist das Thema vom Tisch und der größte Widersacher ist ausgeschaltet und der Weg ist nun frei."

Sie atmete tief aus und schaute uns fragend an.

Frau Stöcklgruber übernahm jetzt die Befragung: „Ist denn bereits eine Ausschreibung für die Bebauung des Klosterbergs erfolgt? Wie ich aus der Presse erfahren habe, ist als Bauherr in erster Linie die Stadt verantwortlich und das heißt, dass alles über den Schreibtisch von Oberbürgermeister Doktor Moser läuft. Weiß man schon, wer die Ausschreibung, wenn sie bereits erfolgte, gewonnen hat? Und um welche Summen geht es hier?"

Frau von Parst räusperte sich und meinte „Ja, es gab eine Ausschreibung und es gibt schon einen Gewinner. Ich denke, ich kann ihnen diese Internas mitteilen, da sie ja inzwischen auch schon öffentlich bekannt gegeben wurden. Es ist die Firma Aschenbrenner aus Grafling. Es geht um über achtundzwanzig Millionen Euro, soviel ich weiß, und der Spatenstich sollte bereits erfolgen. Nur die Gegner der Bebauung haben in den letzten Wochen einen Baustopp erreicht. Das kann natürlich der Baufirma nicht gefallen, denn jeder Tag, der den Bau verzögert, kostet der Firma Aschenbrenner richtig Geld. Ich bin gespannt, wie das weitergeht".

Frau Stöcklgruber hatte noch eine weitere Frage. „Frau von Parst. Haben sie in den letzten Wochen etwas von weiteren Erpresserbriefen gehört? Vielleicht haben auch noch andere Personen diese Briefe erhalten"?

Sie überlegte kurz und meinte „Ja, das könnte sein. Herr Heinzelmann, Vorsitzender der Grünen im Stadtrat, hat mir vor einigen Tagen erzählt, dass er seltsame Briefe per E-Mail bekommen hat, die ihm richtig Angst gemacht hätten. Ich habe ihm gesagt, er solle doch zur Polizei gehen. Aber anscheinend hat er meinen Rat nicht befolgt".

„Auf was bezogen sich diese Briefe? Können sie uns dazu etwas sagen"?

„Herr Heinzelmann war, wie auch Prinz von Natternberg, ein erbitterter Gegner der Bebauung des Klosterbergs. Und da kann ich mir schon vorstellen, nachdem sogar ein Baustopp gegenüber der Baufirma verhängt worden ist, dass die Briefe aus dieser Ecke kommen. Aber sicher bin ich mir nicht. Ist ja nur meine Vermutung."

„Können sie uns den Kontakt zu Herrn Heinzelmann herstellen? Wäre absolut interessant, wenn wir auch seine Erpresserbriefe sehen könnten".

„Ja, kann ich natürlich gerne machen. Ich habe seine Nummer in meinem Handy gespeichert. Ich rufe ihn gleich an, wenn sie wollen".

Natürlich wollten wir und Frau von Parst rief auch umgehend bei Herrn Heinzelmann an. Nachdem sie ihm erklärte, um was es ging, war er damit einverstanden, dass wir anschließend bei ihm vorbeikommen. Er gab Frau von Parst seine Anschrift, wo wir ihn treffen können.

Wir bedankten uns bei ihr und beeilten uns, zu der angegebenen Adresse zu fahren. Es war inzwischen knapp nach elf Uhr und wir kamen gut voran.

„Endlich eine mögliche Spur! Es könnte gut sein, dass die Drohungen aus der Ecke Klosterbergbebauung kommen. Was meinst du?" meinte ich zu Frau Stöcklgruber gewandt.

„Ja, da bin ganz deiner Meinung. Wenn ich mich recht erinnere, geben die E-Mails jetzt einen Sinn, wenn man die Vorgeschichte und vor allem die Summe, um die es geht, kennt. Ich bin sehr gespannt, was uns die E-Mails von Herrn Heinzelmann sagen. Sollten sie vom Inhalt her gleich oder ähnlich sein, so denke ich, haben wir eine heiße Spur. Endlich!"

Ich parkte das Auto in der Tiefgarage am ´Oberen Stadtplatz` und ging mit Frau Stöcklgruber zu der angegebenen Adresse. ´Rechtsanwaltskanzlei Heinzelmann und Partner 1. Stock` war am Eingang zu lesen.

Wir betraten das Gebäude und gingen die Treppe hoch in den ersten Stock.

„Heute haben wir es fast nur mit Rechtsanwälten zu tun", meinte Frau Stöcklgruber. „Schon komisch, oder"?

Ich nickte ihr zustimmend zu und klingelte.

Mit einem Brummen wurde der Türöffner betätigt und wir betraten das Vorzimmer, in dem uns eine Sekretärin freundlich begrüßte.

„Wir haben mit Herrn Heinzelmann vorab telefoniert. Ich denke, er erwartet uns schon", sagte ich zu der netten, jungen Sekretärin.

Sie griff zum Telefon und meldete uns an.

„Sie können gerne zu Herrn Heinzelmann reingehen. Ich zeige ihnen den Weg", sagte sie, stand auf und hielt uns die Türe auf.

Rechtsanwalt Heinzelmann war ein Mann Mitte vierzig, moderner schwarzer Anzug, die braunen Haare nach hinten gekämmt, ein neugieriger, lebhafter Blick. Ein scharfkantiges Gesicht, das Durchsetzungsvermögen signalisierte.

Er bat uns, uns doch zu setzen. Wir nahmen in der Besprechungsecke Platz.

Ich begann:

„Herr Heinzelmann, vielen Dank, dass sie sich Zeit für uns genommen haben. Frau Doktor von Parst hat ihnen ja schon gesagt, um was es geht. Wir ermitteln im Mordfall Prinz

Karl-August von Natternberg. Sie kennen ihn. Er saß ja mit ihnen im Deggendorfer Stadtrat als Abgeordneter der Freien Wähler. Er hat, wie wir vermuten, auch sie, ich drücke das mal so aus, komische Briefe per E-Mail bekommen. Und jetzt möchten wir wissen, ob die E-Mails, die sie bekommen haben, mit denen von Prinz von Natternberg vergleichbar sind. Erste Frage: haben sie entsprechende E-Mails erhalten?"

Er nickte bejahend „Ja, habe ich".

„Zweite Frage: Wann haben sie diese erhalten? Und vor allem: was steht darin?"

„Da kann ich ihnen natürlich gerne Auskunft geben: also die erste E-Mail kam vor etwa zwei Wochen. Drei Tage später die zweite und die dritte vor fünf Tagen. Die genauen Daten stehen ja jeweils in der E-Mail. Die kann ich ihnen jederzeit zur Verfügung stellen, wenn sie wollen. Außerdem habe ich sie mir ausgedruckt, da ich ja wusste, dass sie kommen und den der Inhalt der E-Mails für sie bestimmt interessant sein wird".

Er stand auf, ging zu seinem Schreibtisch und entnahm ihm einige Blätter Papier. Er kam zurück und reichte mir die Schreiben.

Eigentlich war ich nicht überrascht, da ich schon damit gerechnet hatte: es war der genau gleiche Text wie bei den E-Mails an Karl-August. Drei Schreiben absolut identisch.

„Herr Heinzelmann" begann ich „Auch sie sind, wie Prinz von Natternberg, ein resoluter Gegner der Bebauung des Klosterbergs. Wir nehmen an, dass diese Schreiben mit der vor kurzem eingeleiteten Baueinstellung zu tun haben. Können sie sich so einen Zusammenhang vorstellen"?

Er überlegte kurz, runzelte die Stirn und meinte „Ja, das könnte sein. In diese Richtung habe ich noch gar nicht überlegt. Aber ja, das ergäbe einen Sinn. Aber dafür einen Mord begehen? Das halte ich doch für mehr als übertrieben. Wir beide, Prinz von Natternberg und ich, wehrten uns vehement gegen die Bebauung des Klosterbergs. Es gibt keine fundierten Gründe, diesen für die Stadt so wichtigen Grünbereich zu bebauen. Er ist ein Rückzugsgebiet für viele verschiedene bedrohte Tierarten, eine grüne Lunge und ein wichtiges Naherholungsgebiet für viele Einwohner der Stadt. Daher waren wir beide uns einig, was nicht immer der Fall war, aber in diesem Punkt schon, dass wir die Bebauung bekämpfen und wenn möglich stoppen werden. Leider ist uns das nicht geglückt, wie sie sicher bereits wissen. Es wurden inzwischen bereits die ersten Aufträge vergeben und so sahen wir nur noch die Chance, einen gerichtlichen Baustopp zu verhängen, was uns letztendlich auch gelang. Aber ob wir damit die Bebauung verhindern können, das müssen die Gerichte entscheiden und da sehe ich eher schwarz". Er lehnte sich in den Stuhl zurück und machte eine resignierende Handbewegung.

Frau Stöcklgruber mischte sich mit ein: „Herr Heinzelmann. Interessant für uns wäre natürlich noch, ob sie einen Angriff auf ihre Person, wie die auf Prinz von Natternberg, in den letzten Tagen feststellen konnten, oder ob sie etwas bemerkt haben, was dazu führen könnte"?

„Nein, ich weiß was sie meinen. Aber alles war wie immer. Keine merkbaren Veränderungen in meinem Umfeld. Natürlich habe ich verstärkt auf meine Familie geachtet, die Kinder bis in den Kindergarten oder die Schule begleitet. Auch meine Frau habe ich informiert, dass auch sie entsprechend aufpasst. Aber es war nichts zu erkennen. Haben sie denn schon einen Verdächtigen"?

„Ja, das haben wir" meinte sie. „Aber für genaue Details ist es noch zu früh. Wir stehen ja erst am Anfang unserer Ermittlungen, und um den Verdacht zu untermauern, brauchen wir eben Beweise, wie die E-Mails von ihnen, die uns sicherlich einen großen Schritt nach vorne bringen werden. Wenn sie es uns erlauben, würden wir gerne ihren Laptop mitnehmen, damit unsere IT-Fachleute ihn genauestens untersuchen können, ob es nicht doch möglich ist, den Absender zu ermitteln. Das wäre natürlich der angestrebte Durchbruch. Aber bei Prinz von Natternberg war dies eher ein Schuss in den Ofen, wie man so sagt."

„Ja natürlich gerne, aber wäre nett, wenn ich ihn baldmöglichst wieder zurückhaben könnte. Inzwischen geht ja ohne Computer fast nichts mehr, auch bei uns nicht. Das Passwort gebe ich ihnen lieber schriftlich. Ich bitte sie, vertraulich damit umzugehen. Sie verstehen schon: Datenschutz und so. Es sind ja doch einige sehr persönliche und kanzleiinterne Daten abgespeichert. Daher…".

Ich beruhigte ihn und versprach ihm, den Laptop so bald als möglich zurückzubringen. Er gab uns noch sein Passwort auf einem Post-It und so verließen wir die Kanzlei zusammen mit seinem Laptop. Wir ließen noch unsere Visitenkarten zurück, mit dem Hinweis, uns zu informieren, wenn ihm noch etwas einfallen sollte.

„Na Mina", sagte ich zu Frau Stöcklgruber beim Einsteigen in das Auto „da haben wir einen guten Fang gemacht. Jetzt wissen wir, dass der Verfasser der E-Mails, aller Wahrscheinlichkeit nach, aus dem Umfeld der Befürworter der Bebauung des Klosterbergs kommt. Das bringt uns sehr viel weiter. Damit können wir den Kreis der Verdächtigen schon sehr viel enger ziehen. Was meinst du"?

„Tja Franz, da bin ich ganz deiner Meinung. Wenn ich nach meinem Bauchgefühl gehe, würde ich an erster Stelle die Baufirma, wie hieß sie schnell nochmal"?

„Firma Aschenbrenner", bemerkte ich.

„Ah ja, genau. Aschenbrenner. Die sind für mich die Verdächtigsten. Sie haben durch den verhängten Baustopp den momentan größten Schaden und Verlust. Wäre interessant, wie hoch der täglich zu finanzierende Betrag ist. Darüber sollten wir mal mit dem Firmenchef reden. Was meinst du?"

„Na klar, das machen wir auch. Aber zunächst, das wäre mein Vorschlag, dass wir uns, und damit meine ich das komplette Team zusammen mit dem Staatsanwalt, zu einer Gesprächsrunde im Präsidium treffen um den aktuellen Stand feststellen. Den Besuch bei Firma Aschenbrenner würde ich gerne morgen Vormittag machen. Ich möchte nichts überstürzen und mit fundierten Beweisen dort aufwarten. Bist du damit einverstanden"?

„Ja, finde ich gut. Vielleicht hat ja Frau Unholzer inzwischen neue Erkenntnisse von der KTU und der Rechtsmedizin. Außerdem haben wir ja noch den Laptop von Herrn Heinzelmann. Der könnte uns eventuell auch weiterhelfen".

Ich nickte und konzentrierte mich auf den Verkehr, denn in der Innenstadt war einiges los.

„Was hältst du jetzt von einer kleinen Brotzeit? Der Fischmann am Luitpoldplatz hat immer sehr leckere Brote mit Lachs, oder Scampi, oder auch eine Fischsuppe. Gebongt? Ach übrigens, habe ich dir schon die Geschichte erzählt, wo ich mit meiner Frau Claudia in den Urlaub nach Schweden gefahren bin"?

„Nein, die kenne ich noch nicht. Aber erzähl".

„Ich komme wegen der Fische darauf…. Ich wollte nämlich im Urlaub in Schweden zum Fischen gehen. Wir hatten uns ein kleines Ferienhaus am See gemietet, mit einem eigenen Ruderboot, wenn die Angaben, die wir vorab bekommen hatten, stimmten. Also fragte ich meinen Freund Helmut, der begeisterter Fischer war, ob er mir als blutiger Anfänger, eine Angelrute mit Zubehör, Köder und so, leihen würde, Natürlich war er sofort Feuer und Flamme und gab mir eine seiner besten Angelruten und einen Koffer mit allem, was ich so zum Angeln brauchte. Er gab mir auch noch Tipps, welchen Köder für welche Fische und so. Der Urlaubstermin kam immer näher und endlich war es so weit. Ich räumte das Auto für unseren Urlaubstripp ein und wollte als letztes die Angelrute einpacken. Dafür legte ich sie hinter das Auto und blöderweise vergas ich sie und fuhr letztendlich rückwärts aus der Garage. Es machte knack und wir erschraken beide. Ich schaute zu Claudia und meinte, dass das die Angelrute vom Helmut war. Ich stieg aus und wirklich, da lag sie unter dem Auto und bestand nun aus zwei Teilen. Na der Urlaub ging ja toll los. Aber nichts desto trotz, war es ein super Urlaub und ich reparierte die Rute so, dass ich doch noch ein paar Fische fangen konnte. Aber Helmut, mein Freund, schaute doch etwas betreten, als ich ihm die defekte Angel zurückbrachte. Aber letztendlich war alles in Ordnung, ich ersetzte ihm die Angel und wir gingen gemeinsam ein Bier trinken".

„Ja, das ist eine tolle Geschichte, Franz. Aber jetzt geht es nicht ums Angeln, sondern ums Fische essen, und ich habe einen ganz schönen Kohldampf", meinte sie und so fuhr ich die Bahnhofstrasse hoch, bog am Ende rechts ab und parkte das Auto links kurz vor dem Verkaufsstand des Fischmanns.

Mein Lachsbrötchen war ein Traum und auch Minas Fischsemmel schmeckte ihr ausgezeichnet. So waren wir beide gut gesättigt und konnten die nächsten Aufgaben mit neuem Elan antreten.

Es war inzwischen kurz vor dreizehn Uhr, als wir im Polizeipräsidium eintrafen. Ich informierte umgehend Frau Unholzer und den Staatsanwalt Doktor Hofer, dass wir uns um 13:30 Uhr im Besprechungszimmer im zweiten Stock zu einem Lagebericht treffen.

Außerdem übergab ich dem Leiter der IT-Abteilung, Herrn Sagstetter, den Laptop von Herrn Heinzelmann, mit der Bitte, schnellstmöglich zu überprüfen, ob bei den Droh-E-Mails eventuell einen Absender zu ermitteln sei. Er versprach mir, mich sofort zu informieren, wenn sich etwas ergeben sollte.

Besprechungszimmer, Polizeidirektion Deggendorf, 13:30 Uhr.

Anwesend: Frau Kommissarin Stöcklgruber, Frau Unholzer, Staatsanwalt Doktor Hofer, Herr Hauptkommissar Breslmaier.

Ich kam sofort zum Thema: „Vielen Dank für die Bereitschaft zu dem schnellen und aktuellen Treffen. Es gibt interessante und hoffentlich ergebnisführende Spuren im Fall Prinz Karl-August. Bevor ich dazu etwas sage, Frau Unholzer gibt es neue Erkenntnisse von der KTU und vor allem bezüglich dem am E-Bike verbauten GPS-Tracker?"

„Ja", meinte sie. „Wir wissen inzwischen den Typ und den Hersteller. Wird eigentlich fast ausschließlich im Internet vertrieben. Daher kaum nachvollziehbar, von wem und wann dieser Tracker bezogen wurde. Trotzdem habe ich bei Amazon eine Anfrage laufen. Eventuell gibt es einen Hinweis auf den Käufer, aber große Chancen sehe ich hier nicht. Außerdem wurde der Akku aus dem Tracker untersucht. Durch den Ladezustand des Akkus konnten die Techniker feststellen, dass der Tracker vor ziemlich genau vier Tagen in Betrieb genommen wurde. Es hilft uns vielleicht weiter, wenn wir ermitteln können, wo Prinz Karl-August, oder sein Rad, sich vor vier Tagen aufgehalten haben. Die Rechtsmedizin, Frau Doktor Krankl, hat mir inzwischen den genauen Obduktionsbericht zugeschickt. Aber draus ergeben sich keine neuen Erkenntnisse. Tod durch Genickbruch. Aber das wussten wir ja bereits. Ach ja, das ich das nicht vergesse, die Spurensicherung war nochmal vor Ort und hat festgestellt, dass an zwei Bäumen links und rechts des Wegs, an der Stelle wo Karl-August verunglückt ist, die Rinde der Bäume Abschürfungen aufweisen. Sie passen im Durchmesser ziemlich genau zu den Abschürfungen am E-Bike von Karl-August. Was uns bestätigt, dass es ein Drahtseil war, das unseren Prinzen unfreiwillig von seinem Bike absteigen ließ, na, absteigen ist vielleicht nicht der richtige Ausdruck, eher abfliegen ließ".

„Danke Frau Unholzer", entgegnete ich ihr, „wenn sie sich bitte notieren, dass sie mit Frau Ernestine von Natternberg, der Frau von Karl-August, klären, wo der Prinz vor vier Tagen, also am Samstag, mit seinem E-Bike unterwegs war. Das könnte sehr wichtig sein, denn der GPS-Tracker konnte ja nur montiert werden, wenn das Bike abgestellt war und nicht im Sichtfeld von Karl-August stand".

Frau Unholzer machte sich umgehend Notizen und sah mich fragend an: „Sonst noch etwas, was ich machen sollte"?

„Ja", meinte ich. „Machen sie bitte für morgen acht Uhr einen Termin bei der Firma Aschenbrenner in Grafling mit dem Geschäftsführer. Die Firma ist am meisten durch den momentanen Baustopp bei der Klosterbergbebauung betroffen. Daher müssen wir unbedingt mit Herrn Aschenbrenner über die finanzielle Situation seiner Firma reden. Mal schauen, was dabei herauskommt. Herr Doktor Hofer, was meinen sie dazu"?

Herr Doktor Hofer räusperte sich und begann: „Ich denke, da haben sie endlich eine heiße Spur, die es wert ist weiter verfolgt zu werden. Von mir haben sie jede Unterstützung die sie brauchen. Aber ich denke, für eine Hausdurchsuchung ist es noch zu früh, oder"?

„Ja, lassen sie uns erst das Gespräch mit Herrn Aschenbrenner führen. dann sehen wir weiter. Frau Stöcklgruber, haben sie noch etwas"?

Frau Stöcklgruber überlegte und schlug dann mit der flachen Hand auf den Tisch, so dass wir alle erschraken. „Ja verdammt nochmal, haben wir nicht etwas übersehen?....

Zweimal dieselben Droh-E-Mails, eine Drohung wird umgesetzt und endet tödlich. Müssen wir nicht Herrn Heinzelmann als nächstes vermeintliches Opfer sofort schützen? Was, wenn auch ihm etwas passiert? Sind wir da nicht zu blauäugig? Was, wenn der Täter nochmal zuschlägt"?

Ja, da hatte sie natürlich recht. Wir sollten umgehend einen Personenschutz für Herrn Heinzelmann einrichten. Gut, dass Doktor Hofer mit anwesend war und so war es nicht schwierig, den Personenschutz zu organisieren, was auch umgehend passierte. Ein paar Anrufe von Doktor Hofer und Herr Heinzelmann hatte seinen persönlichen Schutz. Natürlich informierten wir auch ihn selber vorab, aber er war sofort damit einverstanden.

„Danke Frau Stöcklgruber", meinte ich abschließend. „Gute Arbeit. Wie schaut es mit einer Pressekonferenz aus? Sollten wir nicht auch die Presse über den momentanen Stand unserer Ermittlungen informieren? Die rücken uns schon ganz schön auf den Pelz. Wäre sicher nicht verkehrt, wenn wir ihnen wenigstens einige Details mitteilen, damit sie fürs erste wieder zufrieden sind. Herr Doktor Hofer, was halten sie von heute 16:00 Uhr, ganz spontan"?

„Ja", erwiderte er „sollten wir machen. Ich bereite alles vor. Zu viel würde ich nicht preisgeben. Aber das lassen sie ruhig meine Sorge sein. Die Klosterbergbebauung werde ich erst mal nicht erwähnen. Ich gehe eher auf die Todesursache und die damit zusammenhängenden Ermittlungen ein. Damit sollte sich die Presse zufrieden geben. Also Treffen um 16:00 Uhr in der Kantine. Herr Breslmaier und Frau Stöcklgruber sie sind beide mit dabei. Schaut doch immer besser aus, wenn die ermittelnden Kommissare mit anwesend sind. Frau Unholzer, bereiten sie alles vor"?

Sie nickte zustimmend und so verabschiedeten wir uns und ich ging mit Frau Stöcklgruber in unser gemeinsames Büro. Ich wollte noch ein wichtiges Telefonat machen, von dem ich mir viel versprach.

Meine jüngere Tochter hatte in ihrem Freundeskreis einen Bauingenieur, der inzwischen eine Baufirma in Dingolfing übernommen hatte und der sich im Kreis Deggendorf sicher gut auskannte, wie die Baufirmen aufgestellt waren, oder wer mit wem oder mir einfach interessante Informationen oder Einblicke weitergeben könnte.

Also griff ich zum Telefonhörer und wählte seine Nummer.

„Baufirma Schlossmeier", meldete sich eine weibliche, sympathische Stimme „was kann ich für sie tun"

„Ich würde gerne mit Herrn Hahn sprechen. Ich bin Kommissar Breslmaier aus Deggendorf und ich hätte da ein paar Fragen an Herrn Hahn. Er ist ein Bekannter von meiner Tochter und ich bin mitten in einer Ermittlung, in der er mir sicher helfen könnte".

„Ja gerne, ich schau mal, ob ich ihn erreiche", meinte die Sekretärin.

„Hahn", meldete sich der Bauunternehmer nach kurzer Zeit „Herr Breslmaier, das ist ja eine Überraschung. Wie geht es der Elina? Ich habe sie schon lange nicht mehr gesehen. Aber sie wissen ja, die Arbeit fordert einen total. Was kann ich für sie tun? Bauen sie ein neues Haus? Oder renovieren sie ihr Reihenhaus? Ich bin immer bereit dafür", meinte er lachend.

„Nein, nein, lieber August. Nichts von alledem. Ich bin mitten in einer Mordermittlung und bräuchte von dir ein paar Informationen über Baufirmen im Kreis Deggendorf. Es geht um die Klosterbergbebauung. Du kennst den Vorgang sicher. Die Ausschreibung hat die Firma Achenbrenner aus Grafling gewonnen und jetzt wurde ein gerichtlicher Baustopp verhängt. Die Baustelle steht still und keiner weiß, wie lange das dauert und wie das Gerichtsverfahren ausgeht. Wie schwierig ist das für so eine Firma? Was kann passieren, wenn es länger dauert"?

Herr Hahn überlegte kurz und schnaufte tief durch „Ja, den Vorgang kenne ich natürlich. Ich hatte die Ausschreibung auch bei mir auf dem Tisch. Aber die Dimension war für mich zu groß. Ich habe daher kein Angebot abgegeben. Die Firma Aschenbrenner war am Günstigsten, wie immer. Ist momentan absolut aggressiv am Markt unterwegs. Seit der Junior mit eingestiegen ist, hat übrigens mit mir zusammen in Regensburg studiert, ist die Firma nicht zu bremsen. Sogar die etablierten Baufirmen in und um Deggendorf, und da gibt es jede Menge, mussten klein beigeben. Der Julian, der Sohn vom Seniorchef, ist ein Senkrechtstarter, meint er jedenfalls. Aber für die Baustelle Klosterberg musste er in Vorleistung gehen: neue Kräne, neue Maschinen und vor allem, neue Leute. Mit seinem Bestand hätte er die Baustelle auf keinen Fall gestemmt. Er hat von anderen Firmen die Leute abgeworben und sich dadurch natürlich keine Freunde gemacht. Bei mir hätte er es auch probiert. Aber ich bin ihm dahinter gekommen und habe seine Versuche abblocken können. Gott sei Dank habe ich zu meinen Mitarbeitern einen guten Draht und so konnte ich sie bei mir behalten. Andere hatten das aber nicht. …. Die Investition in neue Maschinen dürfte, was ich von meinen Lieferanten gehört habe, einen einstelligen Millionenbetrag ausmachen. Und nun der Baustopp. Das kann tödlich ausgehen. Was ich so gehört habe, geht die Firma momentan am Zahnfleisch, was ich aber wirklich nachvollziehen kann. Mehr Lohnzahlungen, die Neuanschaffungen und und und…. In seiner Haut möchte ich nicht stecken".

„Hat er denn momentan sonst noch andere Baustellen"? wollte ich von ihm wissen.

„Ja, den Abbruch des Ruselhotels, Abbruch und Neubau der ehemaligen BGS-Häuser in der Otto-Denk-Straße. Aber das sind im Gegensatz zur Klosterbergbebauung kleine Fische. Ob er sich damit über Wasser halten kann, weiß ich nicht. Sonst noch Fragen"?

„Nein, August, das reicht mir fürs erste. Ah, wenn du schon den Junior kennst, wie ist er denn als Mensch"?

„Eigentlich ganz normal. Aber was ich so mitbekommen habe, hat er in den letzten Jahren nicht unbedingt Glück gehabt. Scheidung, zwei kleine Kinder, Motorradunfall. Also nicht unbedingt gute Voraussetzungen für ein entspanntes Leben. Wie gesagt, die Firma tritt, seit der Junior mit dabei ist, sehr aggressiv auf und reißt sich eine Ausschreibung nach der anderen unter den Nagel. Auch wenn nicht mehr viel verdient ist. Das grenzt schon sehr an Verdrängungswettbewerb".

„Danke August. Du hast mir viel weitergeholfen. Ich bin morgen bei der Firma Aschenbrenner. Mal schauen, ich bin gespannt was dabei herauskommt":

„Kein Problem Herr Breslmaier. Übrigens richten sie der Elina schöne Grüße von mir aus. Würde mich mal wieder gerne mit ihr treffen. Wo steckt sie denn zurzeit"?

„Sie macht gerade ihren Abschluss in Jura, Staatsexamen, in Passau. Ich hoffe, dass sie es packt. Ist ja ganz schön anstrengend und schwierig das Studium. Aber sie wollte es unbedingt und wenn du mal juristischen Rat brauchst, weißt du jetzt ja, wen du fragen kannst".

Er lachte und meinte „lieber nicht. Aber man weiß ja nie, was alles noch auf einen zukommt. War schön, von ihnen zu hören".

Damit verabschiedete er sich und legte den Telefonhörer auf. War ja schon interessant, was er so alles wusste.

Ich rief noch schnell bei Frau Unholzer an um zu erfahren, ob sie schon mit Frau von Natternberg telefoniert hatte. Ja, das hatte sie und die Frau von Natternberg konnte uns auch genau sagen, wo ihr Gatte sich vor vier Tagen aufgehalten hatte, denn sie war mit ihrem E-Bike mit ihm zusammen auf der Rusel unterwegs. Abgestellt hatten sie ihre E-Bikes nur am Landshuter Haus zum Brotzeitmachen und am Ruselhotel. Prinz Karl-August wollte sich den Fortgang des Abrisses des Hotels anschauen. Er war früher des Öfteren als Gast dort und war daher sehr interessiert, was damit passiert, berichtete sie mir. Wir beendeten das Gespräch und ich machte mir ein paar Notizen zu dem Bericht von Frau Unholzer.

Also kamen als Ort der Installation des GPS-Trackers, nur das Landshuter Haus und das Ruselhotel in Frage. Beim Ruselhotel kam mir sofort der Zusammenhang mit der Firma Aschenbrenner in den Sinn. Hatte nicht der Bekannte meiner

Tochter, August Hahn, in unserem vorhin geführten Telefonat davon erzählt, dass die Firma Aschenbrenner als Abbruchfirma für das Ruselhotel zuständig ist? Bei mir schrillten alle Glocken!

Ich berichtete Frau Stöcklgruber noch kurz über die neuen Informationen und meine Vermutungen und sie nickte übereinstimmend.

Aber jetzt mussten wir beide zur Pressekonferenz. Es war inzwischen kurz vor 16 Uhr. Also nichts wie los.

In der Kantine, die von Frau Unholzer für den Zweck hergerichtet war, waren viele Stühle von Pressevertretern bereits besetzt. Natürlich kannte ich einige: Passauer Neue Presse, Plattlinger Anzeiger, Unser Radio, Bayerwaldbote. Die Restlichen waren mir nicht bekannt. Aber vielleicht lerne ich sie ja noch kennen.

Herr Doktor Hofer war inzwischen auch eingetroffen und so setzten wir uns an unseren Platz, der jeweils mit einem Namensschild versehen war. Wenn wir die Frau Unholzer nicht hätten!

Die Pressekonferenz lief sehr diszipliniert und ruhig ab. Herr Doktor Hofer hatte alles jederzeit im Griff und so waren wir nach etwa einer halben Stunde auch schon wieder fertig.

Wir kamen überein, dass wir heute nichts mehr unternehmen, sondern morgen frisch und konzentriert hoffentlich den Endspurt antreten.

Ich machte noch den täglichen Bericht für Herrn Doktor Hofer fertig, damit auch er auf der Höhe unserer Ermittlungen war und schickte sie ihm per E-Mail.

Damit war es Zeit für den Feierabend und ich verabschiedete mich von Frau Stöcklgruber und ging auf den Parkplatz zum Auto.

Es war nicht weit bis Metten und war ich schnell an meinem Ziel angekommen.

Ich hoffte, dass meine Frau Claudia auch an meine Badehose gedacht hatte. Aber ich war mir ziemlich sicher, denn auf sie war immer Verlass.

Ich parkte mein Auto vor dem Eingang des Freibads, zeigte meine Jahreskarte vor und ging in die Richtung, in der wir üblicherweise lagen. Es waren noch immer ziemlich viele Badegäste da, obwohl es schon recht spät war. Aber das Wetter war immer noch warm und einladend zum Schwimmen und um sich Abzukühlen, worauf ich mich jetzt wirklich freute.

Claudia lag, wie immer, an unserem Platz und neben unserer Decke hatte sich unsere Nachbarin, Frau Frommherz niedergelassen. Das war ja eine Überraschung. Normalerweise traf und sah ich sie nur bei uns in der Tiefgarage oder im Müllhäusel. Ein kurzes Gespräch war dann immer möglich und so war der Kontakt eher freundlich und nachbarschaftlich.

Ich begrüßte Frau Frommherz und gab Claudia einen Begrüßungskuss. Beide Frauen waren in Badekleidung, Claudia in ihrem schwarzen Badeanzug und Frau Frommherz in einem gelben Bikini, der ihre Figur sehr vorteilhaft betonte.

„Ich hoffe, ich bin nicht zu spät gekommen", meinte ich. „Aber die Arbeit ist momentan sehr zeitaufwändig und fordert mich ganz schön. Daher freue ich, wenn ich jetzt mit zwei so hübschen Damen hier in Metten zum Schwimmen gehen kann".

„Ja, ja, Franz", erwiderte Claudia lachend „du und deine Arbeit. Vergiss jetzt endlich mal deine Ermittlungen und Verbrecherjagden. Jetzt bist du in Metten und wir möchten mit dir schwimmen gehen. Auf geht's".

Ich zog mir nur noch schnell meine Badehose in der nebenstehenden Umkleidebox an und dann konnte es losgehen.

Gesagt, getan. Wir gingen in Richtung Schwimmerbecken und stürzten uns in die Fluten. Es war unheimlich erfrischend und belebend. Wir genossen es sichtlich und alberten im Becken herum. Ich vergaß den anstrengenden Tag und tankte neue Energie für die noch anstehenden Aufgaben.

Nach dem Baden gingen wir noch auf ein Gyros zum Janis. Es war schön sich einfach über alltägliche Dinge zu unterhalten und so ließen wir den Abend bei einem geschmackvollen Essen und einem kühlen Retsina ausklingen.

TAG 3 - **Donnerstag 12. Juli 2018**

Die Baufirma Aschenbrenner befand sich in Grafling am Ortsrand, im Gewerbegebiet. Das Hauptgebäude war ein zweistöckiger Flachbau neueren Datums. Wir parkten auf dem Kundenparkplatz vor dem Haus und betraten das Haus durch den Haupteingang. Wir kamen in eine Empfangshalle, die sehr mondän und doch einladend wirkte. Ein kleiner Brunnen wirkte erfrischend und plätscherte vor sich hin.

Auf der rechten Seite war ein großer Empfangstresen, hinter dem sich zwei junge Frauen unterhielten. Sie waren mit einem Pullover mit dem Aufdruck der Firma Aschenbrenner ausgestattet. Sie fragten uns, ob sie uns helfen können. Wir zeigten ihnen unsere Ausweise und sagten ihnen, dass wir uns gerne mit dem Chef, Herrn Aschenbrenner unterhalten würden.

„Ja, das ist nicht so einfach", meinte die ältere der Beiden. „Es gibt nämlich zwei Chefs, den Senior- und den Juniorchef. Zu wem möchten sie denn"?

Ich erwiderte: „Ich denke, wir reden erst mal mit dem Seniorchef. Ist er denn zu sprechen"?

„Ja, da haben sie Glück. Der Senior ist im Büro und der Junior ist unterwegs. Ich frage mal bei Herrn Aschenbrenner nach, ob es ihm passt, wenn sie ihn im Büro aufsuchen".

Sie schnappte sich das Telefon und rief den Seniorchef an. Es passte und wir fuhren zusammen im Lift nach oben in den zweiten Stock zum Büro von Herrn Aschenbrenner.

Nach einem kurzen Klopfen wurden wir hereingebeten. Herr Aschenbrenner war ein vitaler Mann Mitte fünfzig, kurzes dunkelbraunes Haar, offen stehendes weißes Hemd und eine blaue Jeans. Mit einem freundlichen Lächeln bat er uns einzutreten.

Wie setzten uns in die Besprechungsecke und er gab seiner Sekretärin noch Bescheid, doch Mineralwasser und ein paar Kekse zu bringen „oder möchten sie lieber einen Kaffee"? fragte er uns.

Wir verneinten beide und so setzte er sich zu uns.

„Herr Aschenbrenner", begann ich das Gespräch. „Es ist sehr nett, dass sie Zeit für uns haben. Wir, das bin ich, Hauptkommissar Franz Breslmaier und das ist meine Kollegin Kommissarin Frau Philomena Stöcklgruber. Wir sind von der Mordkommission aus Deggendorf und untersuchen den Mord an Prinz Karl-August von Natternberg. Wie sie sicher aus der Presse bereits erfahren haben, hat sich der Unfall von Prinz Karl-August als Mordanschlag herausgestellt".

„Ja, und was habe ich damit zu tun"? meinte er irritiert.

„Es gab im Vorfeld zwei Drohbriefe per E-Mail, die einmal an Prinz Karl-August von Natternberg und zum zweiten an Herr Heinzelmann gingen. Der Prinz sitzt im Stadtrat für die ´Freien Wähler` und Herr Heinzelmann für die ´Grünen`. Beide Schreiben mit gleichem Inhalt und zum selben Zeitpunkt. Der Verfasser der Briefe drohte mit Anschlägen, wenn die Empfänger der E-Mails ihre Meinung nicht ändern würden. Was dann auch passiert ist. Wir wurden im Vorfeld nicht informiert und konnten daher nicht eingreifen. Wir haben natürlich in alle Richtungen ermittelt und sind dabei auch auf ihre Firma gestoßen. Herr Prinz Karl-August von Natternberg war ein verbitterter Gegner der Bebauung des Klosterbergs, was er nicht nur im Stadtrat, sondern auch auf sonstigen Gelegenheiten kund tat. Und jetzt kommen sie ins Spiel: Sie haben die Ausschreibung zur Bebauung des Klosterbergs gewonnen, wie wir erfahren haben. Sie mussten, um die Vorgaben erfüllen zu können, ganz ordentlich investieren. Und dann kam der unerwartete gerichtliche Baustopp, den in erster Linie der Prinz und Herr Heinzelmann eingereicht und erwirkt hatten. Ich möchte von ihnen wissen, wie schwerwiegend der Baustopp für ihre Firma ist. Ich kann mir vorstellen, dass diese Verzögerung erhebliche Probleme, vor allem finanziell mit sich bringt. Was können sie mir dazu sagen"?

Herr Aschenbrenner kratzte sich nachdenklich am Kinn und meinte: „ Ja, das war schon ein Schlag. Das können sie sich vorstellen. Der neue Maschinenpark, neue Mitarbeiter, und dann das. Mein Junior hat getobt! 'Das lassen wir uns nicht gefallen`, meinte er. Aber was können wir, als Firma Aschenbrenner denn tun? Wir haben uns natürlich juristischen Beistand geholt. Aber da war nichts zu machen. Wir müssen abwarten, wie das Gericht entscheidet…. Und das kann dauern. Den Auftrag wollten wir unbedingt haben. Denn er bedeutete, dass wir jetzt auch in der oberen Liga mitspielen. Na, sie wissen sicher, was und wen ich da meine".

Ich nickte zustimmend. „Aber wie lange können sie den Zustand durchhalten? Kann es für sie existenzbedrohend sein"?

„Ja, das sehen sie genau richtig. Wir haben die Neuanschaffungen natürlich fremdfinanzieren müssen. Und die Banker sitzen uns schon ganz schön auf der Pelle. Die wissen natürlich auch, dass, wenn der Auftrag flöten geht, wir große Probleme bekommen. Aber momentan geben sie noch Ruhe und ich hoffe, dass in den nächsten Tagen eine Entscheidung getroffen wird".

Er holte tief Luft und schaute mich fragend an.

Ich beugte mich vor und meinte: „Herr Aschenbrenner, ich möchte von ihnen noch wissen, wo sie am letzten Samstag tagsüber waren".

„Letzten Samstag? Da war ich mit meiner Frau bei Bekannten in Nürnberg. Die hatten uns immer wieder eingeladen und deshalb fuhren wir nach Nürnberg. war sehr schön".

„Und da waren sie den ganzen Tag"?

„Ja, wir fuhren um acht Uhr los und waren gegen zehn Uhr abends wieder zuhause".

„Natürlich müssen wir ihre Angaben überprüfen. Können sie uns bitte den Namen und die Adresse der Bekannten geben. Frau Stöcklgruber schreiben sie bitte mit".

Frau Stöcklgruber nahm ihren Notizblock und einen Stift zur Hand und notierte sich die Angaben von Herrn Aschenbrenner. Aber ich ging davon aus, dass alles seine Richtigkeit hatte.

„Herr Aschenbrenner", mischte sich Frau Stöcklgruber mit ein. „Ihr Junior, ich glaube er heißt Julian, wo war er denn am Samstag"?

„Ahh, der Julian, ja, soviel ich weiß, war er am Samstag den ganzen Tag auf der Baustelle auf der Rusel. Wir brechen dort das alte Ruselhotel ab. Ist nicht ganz einfach, alte Baustoffe, Asbest, Abfälle und was man eben damals alles so zum Bauen verwendete. Er wollte untersuchen, was alles noch auf uns zukommt. Probebohrungen und so weiter".

„Ja, dann denke ich, sollten wir uns mal mit dem Junior unterhalten", meinte sie. „Wo ist er denn momentan"?

„Na, der müsste auf der Rusel im Ruselhotel sein. Er wollte heute mit dem zweiten Stock weitermachen, nachdem die Tage vorher das Dach entfernt und entsorgt wurde. Aber ich kann mir nicht vorstellen, dass er etwas mit dem von ihnen geschilderten Fall zu tun hat".

„Das werden wir sicher mit ihrem Junior klären. Na dann, nichts wie los", forderte ich Mina auf.

„Vielen Dank Herr Aschenbrenner für das informative Gespräch. Ich hoffe, dass sie gut über die schwierige Zeit kommen und wir wünschen ihnen das Beste".

Wir schüttelten uns die Hände und verabschiedeten uns von ihm.

Wir gingen zum Auto und fuhren in Richtung Deggendorf den Graflinger Berg hinab.

„Mina, ich komme immer mehr zur Überzeugung, dass der Junior.."

Ich konnte gar nicht ausreden, denn Mina fiel mir ins Wort.

„Ja Franz, der Junior war am Samstag auf der Rusel und den sollten wir umgehend dazu befragen. Mein Bauchgefühl sagt mir, dass er sehr, sehr verdächtig ist. Es passt alles zusammen: am Samstag den Tracker am E-Bike von Karl-August montiert, am Montag per Handy-App den Weg von Karl-August verfolgt und dann festgestellt, dass er auf der Rusel von der ´Hölzernen Hand` in Richtung Ruselabsatz unterwegs ist und dann war es ein Leichtes, ihm diese Falle zu stellen. Also los, holen wir ihn uns", meinte sie sehr überzeugt.

Und so fuhren wir von Deggendorf in Richtung Rusel. Es war schönes Wetter und wir hatten vom Parkplatz am Hotel aus einen unglaublichen Ausblick in das Donau- Isartal. Wie schön es doch bei uns ist. Aber dafür waren wir nicht hier. Jetzt nicht.

Neben dem Hotel stand ein blauer Container mit der Aufschrift der Firma Aschenbrenner. Vielleicht hatten wir Glück und der Junior war dort zu finden. Ich klopfte vorsichtig an und ich hörte ein lautes „Ja bitte" und wir traten ein.

An einem Tisch saß ein junger Mann, Mitte, Ende zwanzig, blauer Overall, weißer Bauhelm, ein Dreitagesbart in einem hageren, aber sehr wachen Gesicht. Er blickte uns interessiert entgegen und meinte „wie kann ich ihnen helfen"?

„Herr Aschenbrenner"? begann ich das Gespräch.

Er nickte und ich bemerkte ein leichtes Zucken in den Augen.

„Wir sind von der Mordkommission aus Deggendorf. Ich bin Hauptkommissar Breslmaier und das ist meine Kollegin, Frau Kommissarin Stöcklgruber".

Wir zeigten ihm unsere Ausweise und ich fuhr fort „wir ermitteln im Mordfall Prinz Karl-August von Natternberg".

„Ja und", meinte er sichtlich erbost, „was habe ich damit zu tun"?

„Herr Aschenbrenner, wir ermitteln momentan in alle Richtungen und deshalb sind wir auch hier bei ihnen. Wir haben nur einige Fragen an sie. Sie brauchen sich nicht aufregen". Ich musste ihn etwas beruhigen. Er sollte sich sicher fühlen. Eine Eskalation konnten wir jetzt nicht brauchen.

Ich fuhr fort: „wo waren sie am letzten Samstag"?

„Am Samstag war ich auf der Rusel, den ganzen Tag. Ich machte Probebohrungen und untersuchte das Hotel um den Abriss vorzubereiten".

„Ja, das wissen wir schon. Hat uns ihr Vater mitgeteilt. Bei dem waren wir nämlich bereits. Und wo waren sie am Montag"?

„Na, auch auf der Rusel. Ist momentan meine wichtigste Baustelle. Natürlich abgesehen vom Klosterberg. Aber das wissen sie sicher schon".

„Ja, die Probleme mit dem Klosterberg kennen wir zur Genüge. Wie stehen denn sie dazu"?

„Ja mei ..." er machte eine längere Pause und überlegte, was er sagen sollte, „die Politiker machen uns ganz schön zu schaffen. Aber die haben ja keine Ahnung, was da alles dranhängt, halt wie immer. Die denken nur in eine Richtung. Aber dass da auch Arbeitsplätze und das Wohlergehen von Familien im Feuer ist, das ist ihnen wurscht. Aber da kann man eine Partei wie die andere nehmen. Aber am schlimmsten sind die ´Grünen`. Die finden ja immer einen seltenen Schwammerl oder ein Kraut, damit man nicht bauen darf. Und die Rechtsprechung hilft ihnen auch noch! Und uns hilft niemand".

Er redete sich so richtig in Rage. Das war nicht gut.

„Ja, da haben sie sicher recht", versuchte ich ihn zu beruhigen.

Jetzt schaltete sich Frau Stöcklgruber mit ein: „Herr Aschenbrenner, dürfte ich mal ihr Handy sehen? Mich würde nur interessieren, mit wem sie zuletzt telefoniert haben".

Ah, ein genialer Schachzug. Wenn er etwas zu verstecken hätte, würde er Frau Stöcklgruber das Handy nicht geben. Aber er witterte keine Gefahr und so gab er Mina bereitwillig sein Handy.

Sie nahm es dankend an und bat Herrn Aschenbrenner noch, bitte das Handy freizuschalten, was er gerne machte.

Sie wischte sich durch verschiedene Seiten, bis sie fand, was sie suchte.

„Herr Aschenbrenner, sie haben hier eine App für ein GPS-Tracking. Wofür brauchen sie die"?

Er stotterte und meinte überrascht „in meiner Freizeit ….
äähh… für mein E-Bike, damit ich, wenn es gestohlen wird,
verfolgen kann, wo es steht und wer es geklaut hat".

„Ah, verstehe", meinte Frau Stöcklgruber. „Darf ich die App
aufmachen"?

Er machte eine abwehrende Handbewegung und meinte
„sie machen doch eh, was sie wollen".

Mina öffnete die App und zeigte mir den geöffneten Inhalt.

Ich konnte eine Landkarte erkennen und ein blinkender
Punkt zeigte mir, wo der GPS-Tracker zuletzt eingeloggt
war. Ich war total überrascht. Wir hatten ihn! Die App zeigte
uns Straubing, Adresse: Bahnhofstrasse, der Standort der
KTU.

„Herr Aschenbrenner", bemerkte ich ernst „jetzt müssen sie
uns einiges erklären. Warum der Mord an Prinz Karl-
August von Natternberg? Die drei E-Mails mit den Drohungen? Warum?"

Herr Aschenbrenner sank in sich zusammen und sprach leise, fast flüsternd „Ich wollte das doch nicht. Es sollte doch
nur eine Drohung sein, und er war nicht umzustimmen. Daher musste ich doch handeln, es ging doch um meine Firma.
Dass er dabei umkommt …. das war tragisch, aber nicht ge-
wollt. Aber verdient hat er das! Warum musste er einen
Baustopp verfügen? Warum? Ich verstehe das nicht. Er und
Herr Heinzelmann. Die zwei waren nicht zu bremsen. Was
hier alles auf dem Spiel steht! Die haben ja keine Ahnung"!

„Herr Aschenbrenner, können wir auch noch ihr Auto sehen"?

„Warum denn das? Reicht ihnen das Handy nicht"?

„Nein, ich denke, das Auto könnte auch noch interessant sein. Überlassen sie das ruhig uns".

Wir standen alle drei auf und gingen nach draußen. Er betätigte die Fernbedienung um das Auto aufzusperren. Ich öffnete den Kofferraum und wirklich, da lag zuoberst ein zusammengerolltes Stahlband. Das musste die Tatwaffe sein. Ich zog meine Handschuhe an, nahm das Band an mich und legte es in eine Plastiktüte, die mir Frau Stöcklgruber reichte. Die KTU sollte sie untersuchen, ob die Spuren mit den inzwischen festgestellten Ergebnissen übereinstimmten. Aber ich war mir ziemlich sicher, dass das der Fall sein würde.

Ich zog die Handschellen aus meiner Manteltasche und wir legten sie Herrn Aschenbrenner an.

„Herr Aschenbrenner, wir gehen jetzt zurück in den Container und warten auf die Kollegen aus Deggendorf, die sie in die Polizeidirektion bringen werden, und die ich jetzt gleich verständige."

Wir gingen zurück und setzten uns. Herr Aschenbrenner saß mir gegenüber. Er war sehr in sich gekehrt und wirkte hilflos. Aber das war normal in seiner Situation.

Ich rief Frau Unholzer an und bat sie, uns eine Streife zu schicken, um den Täter am Ruselhotel abzuholen. Natürlich wollte sie mehr wissen, aber ich wimmelte sie ab und wies sie darauf hin, dass wir erst die Vernehmung abwarten sollten. Damit gab sie sich vorerst zufrieden und wir beendeten das Gespräch.

Es dauerte knapp zehn Minuten, bis das Polizeiauto mit den Kollegen am Parkplatz vor dem Container bremste.

Wir gingen zu ihnen hinaus. Ich kannte beide flüchtig, begrüßte sie und informierte sie kurz über den Stand der Dinge. Ihr Auftrag war, dass sie Herrn Aschenbrenner in Deggendorf dem Ermittlungsrichter vorführen sollten. Bis zur Vernehmung des Täters wollten wir auch wieder im Polizeipräsidium anwesend sein.

Sie nahmen Herrn Aschenbrenner in die Mitte, führten ihn zum Auto und setzten ihn auf den Rücksitz. Die beiden Beamten stiegen vorne ein

Wir schauten dem abfahrenden Polizeiauto hinterher.

„Übrigens", meinte Frau Stöcklgruber an mich gewandt „in der Zwischenzeit, in der du mit dem Auto beschäftigt warst, habe ich in seinem Fotoalbum auf dem Handy, ein Video gefunden, das den Tathergang wiedergibt. Sehr leichtsinnig, so etwas abzuspeichern. Damit sollte der Fall eindeutig gelöst sein. Ich finde nur Schade, dass eine Drohung tödlich ausgehen musste. Aber damit muss man rechnen, wenn man so etwas Kriminelles plant und durchführt".

Ich nickte ihr bejahend zu. Wir stiegen ins Auto und fuhren in Richtung Deggendorf.

Der Fall war geklärt, die Anspannung fiel von uns ab und wir konnten wieder zum normalen Leben zurückkehren. Ich schnaufte tief durch und sagte zu Frau Stöcklgruber gewandt:

„Ach übrigens, apropos Handy", meinte ich während wir losfuhren „habe ich dir schon erzählt, wie ich mein Handy im Urlaub versehentlich in einem Weiher versenkte"?

„Ja Franz, die Geschichte kenne ich. Wo du noch versucht hast, das Handy mit Reis trocken zu legen."

„Ja Genau. Aber es hat ja leider nicht funktioniert. Schade. Und der Reis war auch nicht mehr genießbar", meinte ich lachend.

„Übrigens, was hältst du davon, wenn wir nach der Arbeit noch unseren Erfolg feiern? Aber vorher werde ich Frau Unholzer noch bitten, eine Pressekonferenz anzusetzen. Außerdem muss ich noch den ganzen Schreibkram erledigen. Aber dann könnten wir …".

Mina fiel mir ins Wort und meinte „Ja, das wäre super. Ich habe heute Abend auch Zeit. Gehen wir doch mal zum Griechen in den Biergarten, das Wetter passt doch perfekt. Dort war ich schon lange nicht mehr und der Garten ist super und Nico habe ich auch schon lange nicht mehr gesehen. Aber ich denke, es wäre besser, wenn wir vorher reservieren".

„Gute Idee. Frau Unholzer soll gleich für vier Personen reservieren. Natürlich nehmen wir sie und meine Frau auch mit. Die freuen sich bestimmt".

Ich rief auch umgehend Frau Unholzer über die Freisprechanlage an und sie war sichtlich erfreut. Gerne würde sie auch die Pressekonferenz organisieren und natürlich gratulierte sie uns zu unserem Erfolg. Was waren wir doch für ein tolles Team….

Aber ich muss ihnen doch noch die Geschichte erzählen, wo ich mit meiner älteren Tochter in Japan unterwegs war. Sie spielte Trompete bei der Schülerband und wir waren bei einer japanischen Gastfamilie zum Abendessen eingeladen.

Ach ja, das kann ich ihnen auch noch später erzählen. Aber lustig war das schon …..

Epilog:

Sämtliche Personen sind frei erfunden oder sind namentlich geändert. Die Orte sind natürlich real und existieren.

Bedanken möchte ich mich bei meinem Freund Hans Direske als Lektor, bei meiner Frau Jacqueline, die mir immer wieder nützliche Tipps gab, wenn mein Gedankenfluss ins Stocken kam. Natürlich auch bei meinem Schwiegersohn Hannes, der einen wichtigen Part im Buch übernahm und bei meinem Musikerkollegen Karl, der mich immer wieder zu neuen Geschichten inspirierte.

Vielen Dank auch an all die Leser, Freunde und Bekannten, die mich gebeten hatten, doch baldmöglichst neue Fälle von meinem Kommissar zu veröffentlichen. Ich hoffe, ihr bleibt dem Kommissar Breslmaier und seiner Kollegin gewogen und seit gespannt, was alles noch so folgt ......

www.Breselmaier.de

Ruselhotel

ein Franz Breslmaier Krimi

– sein dritter Fall

Ruselhotel

Tag 1 - 18. September 2024

Eigentlich sollte man aufstehen können, wenn einem danach ist und nicht, wenn der Wecker sich unangenehm bemerkbar macht. Aber es hilft ja nichts, die Pflicht ruft. Und so schwinge ich mich aus meinem ach so angenehmen und warmen Bett. Meine Frau Claudia ist schon in der Küche aktiv. Ich kann sie deutlich hören. Welchen Tee wird sie mir heute auftischen? Seit einiger Zeit ist Kaffee zum Frühstück verpönt. Gesunde Ernährung steht auf dem Programm und da gehört natürlich auch der morgendliche Tee dazu. Aber ich hatte mich schnell an die neuen Vorgaben gewöhnt und ich merke es auch an mir selber. Nicht mehr so kurzatmig und etwas weniger Gewicht habe ich auch schon, dank meiner Claudia und ihren Ideen.

Nach Bad und Anziehen gehe ich in unsere Küche, begrüße Claudia mit einem Kuss und setze mich an den gedeckten Tisch. Es gibt Müsli mit Obst und natürlich Tee, einen Gewürztee. Schmeckt doch wieder ganz lecker.

Ich hole noch die Zeitung vom Briefkasten und lese zunächst den lokalen Teil der Deggendorfer Zeitung. Aber es steht nichts Besonderes drin, nur belangloses Zeugs, was mich nicht interessiert. Nebenbei trink ich meinen Tee und esse mein Müsli.

Nachdem die Zeitung gelesen und das Frühstück verzehrt ist, verabschiede ich mich von meiner Frau mit einem zärtlichen Kuss, wünsche ihr einen angenehmen Tag und mache mich auf den Weg in das Präsidium.

Auto oder Fahrrad? Am Fahrrad müsste ich noch die Luft aufpumpen. Das ist mir doch so früh am Morgen doch etwas zu umständlich und so entscheide ich mich für das Auto. Aber Morgen nehme ich mir ganz fest vor, mit dem Fahrrad zu fahren. Versprochen.

Es war normaler Verkehr und so kam ich recht zügig voran und parkte mein Auto auf dem Angestelltenparkplatz.

Ich betrat das Gebäude durch den Haupteingang und begrüßte die Kollegen, die wild gestikulierend im Gang standen. Da ich sportlich aktiv sein wollte, zumindest für heute, nahm ich nicht den Aufzug sondern eilte die Treppen hoch.

Ich hatte mein Büro im zweiten Stock, ein gemeinsames Büro mit Frau Stöcklgruber, Kommissarin Philomena Stöcklgruber, meine große Hilfe und Stütze. Sie war auch bereits da und ich begrüßte sie.

„Na Mina, schon fleißig?" wollte ich wissen.

„Ach Franz, in der Frühe ist es doch immer am besten zum Arbeiten. Gute Luft, wenig Telefonate und die Kollegen nerven auch nicht", meinte sie mit einem schelmischen Grinsen.

„Was liegt denn heute an?" meinte sie noch.

„Wir sollen heute Vormittag noch einen Radfahrer vernehmen. Er hat letzte Woche einen Unfall verursacht. Ohne Licht auf der falschen Fahrbahnseite gefahren. Er sollte um 10 Uhr da sein. Ansonsten ist Büroarbeit angesagt. Hat sich ja in letzter Zeit so einiges angesammelt". Damit deutete ich auf den Stapel Papier auf dem meinem Schreibtisch.

„Ja, da hast du recht. Die letzten Wochen waren ganz schön turbulent. Wie geht es Claudia, deiner Frau? War schön letztes Mal beim Griechen. Die Fischplatte … ein Traum. Und Nico, der alte Charmeur, war wieder ganz in seinem Element".

„Ja, Mina, bei dir kann er sich nicht zurückhalten. Du bist eben sein Typ. Blond und gut aussehend … und Single. Was willst du mehr, als Mann?"

Sie sah mich tadelnd an und bemerkte: „Ja, ja, die Männer. Einer wie der andere. Aber ohne ist es halt auch nichts".

„Da hast du wieder mal recht. Ach übrigens kennst du schon die Geschichte, wie ich meine Claudia kennengelernt habe? War ja schon richtig abenteuerlich. Habe ich dir das schon mal erzählt?" wollte ich von ihr wissen.

„Na klar, Franz, hast du mir schon berichtet. Wie ihr zwei euch bei einer Brauereibesichtigung in Berlin näher gekommen seid. Vielleicht sollte ich auch mal eine Brauereibesichtigung mitmachen. Wer weiß? Bei euch beiden hat es ja offensichtlich gut funktioniert".

„Genau, Mina. Gute Idee. Könnte ich auch organisieren. Ich kenne den Vertriebsleiter der OCRA-Brauerei in Moos. Der würde das sicher für mich gerne machen. Soll ich?"

„Ich denke, ein Versuch wäre es wert. Aber Bier trinke ich eigentlich nicht so gerne. Lieber ein Gläschen Wein, wegen meiner Figur. Aber was noch nicht ist kann ja noch werden, oder? Und was tut man nicht alles, um erfolgreich zu sein?"

Ich nickte und notierte mir in meinem Handy, dass ich den Vertriebsleiter anrufen sollte. Aber eventuell treffe ich ihn sowieso bei unserem nächsten Stammtisch im ´Golden Engel` nächsten Donnerstag.

Da klingelte das Telefon. Ich zog den Apparat zu mir herüber und hob ab.

„Breslmaier."

„Herr Kommissar, hier ist Frau Unholzer. Es ist gerade ein komischer Anruf bei mir eingegangen. Zwei Tote im Ruselhotel. Aber die Toten sind nicht zu erkennen. Sehr mysteriös. Also der Anrufer konnte mir nicht sagen, ob es sich bei den Toten um Mann oder Frau handelt. Er meint, wir sollten schnell kommen. Übrigens war der Anrufer ein Mitarbeiter der Baufirma Aschenbrenner aus Grafling. Na, sie wissen schon, Prinz Karl-August von Natternberg. Ist ja noch nicht so lange her, oder?"

„Alles klar, Karin. Wir sind schon unterwegs."

Schon wieder die Rusel. Was ist denn hier los. Das kann doch nicht sein. Innerhalb kurzer Zeit fünf Tote!

Ich schnappte mir mein Jackett und informierte Frau Stöcklgruber, die sich auch sofort aufmachte und mir folgte.

„Mina, was meinst du? Ist ja schon sehr verwunderlich, wieder ist der Fundort das Ruselhotel. Was hat das alles zu bedeuten? Ach übrigens, die Vernehmung des Radlfahrers für 10 Uhr müssen wir dann wohl absagen. Ich sage der Frau Unholzer Bescheid, soll sie dann veranlassen."

Frau Unholzer rief ich auch umgehend an und teilte ihr mit, dass die Vernehmung des Radlfahrers heute nicht stattfinden konnte.

„Herr Breslmaier, das habe ich doch bereits veranlasst. Ich habe mit ihm vereinbart, dass wir uns wieder bei ihm melden sobald wir einen neuen Termin haben. Passt doch so, oder?"

„Wenn wir sie nicht hätten, liebe Karin. Perfekt gemacht. Vielen Dank." Ein bisschen Lobhudelei schadet bestimmt nicht. Auf Frau Unholzer ist immer Verlass.

Ich parkte das Auto direkt vor dem Ruselhotel oder vor dem, was davon noch übrig war. Das Dach, sowie das oberste Stockwerk waren schon abgebrochen und entfernt. Sah schon irgendwie eigenartig aus, wenn man das Hotel von früher her kannte. Ein Mitarbeiter der Firma Aschenbrenner wartete bereits auf uns.

„Sie schon wieder", begrüßte er uns leicht unfreundlich. „Aber, …. es hilft ja nicht. Kommen sie mir. Ich zeige ihnen den Raum".

Er ging voran und wir folgten ihm. Wir gingen durch den Haupteingang und anschließend die Treppen hoch in den zweiten Stock. Alles war staubig und es roch nach Abfall und Ziegeln. Endlich kamen wir in den gesuchten Raum. Die Zimmerdecke war zum Teil bereits abgetragen und eine Wand eingerissen. Wir steuerten auf die rechte Seite. Hier hatte man ebenfalls mit dem Abriss begonnen. Allerdings stand noch der untere und linke Teil der Wand. Dahinter konnte man nicht viel erkennen, da es dort kein Fenster und daher keine Lichtquelle gab.

Mein Name ist Dr. Elisabeth Schmidt, geborene Schattenloh. Ich bin 46 Jahre alt, bin verheiratet und habe, ich hatte, eine Tochter. Ich bin Ärztin für Geburtskunde.

Ich muss und ich will den Personen, die diese Büchlein, mein Tagebuch, irgendwann zu Gesicht bekommen, erzählen und berichten, was in den letzten Kriegstagen passiert ist und warum …. Aber dazu später. Zunächst möchte ich erläutern, wie ich und meine Familie hier auf der Rusel gelandet sind.

Ich habe in Halle studiert und mich 1911 dort als Ärztin niedergelassen. 1913 bin ich nach Osnabrück gewechselt und habe als Gynäkologin praktiziert. 1921 habe ich das Anwesen auf der Rusel bei Deggendorf gekauft und das bestehende

Wirtshaus in ein Sanatorium für Lungenkranke mit 120 Betten ausgebaut. 1930 habe ich es dann in ein Sanatorium für nervenleidende Frauen umgewandelt. Ausschlaggebend für den Bau auf der Rusel war die Errichtung einer Lungenheilanstalt in Hausstein, circa fünf Kilometer Luftlinie von der Rusel entfernt, im Jahre 1908 durch einen in München extra dafür gegründeten Verein, dem ein gewisser Adolf Hohe sehr engagiert vorstand und der Tod meiner kleinen Tochter, die an TBC erkrankte und daran auch leider starb. Das Sanatorium war sehr erfolgreich unterwegs und daher war die Entscheidung für mich bald gefasst.

Meinen Mann Otto habe ich 1907 kennengelernt und 1909 geheiratet. Leider ist mein Mann 1945 verstorben, bzw. unter sehr fragwürdigen Umständen verschwunden. Aber dazu später mehr. Es war Kriegsende und wir waren alle in einer sehr angespannten Situation. Niemand wusste, wie es weitergeht. Wir waren beide Mitglieder der NSDAP und im NSD-Ärztebund und daher im Blickfeld der amerikanischen Besatzer. Da ich Ärztin war und mein Mann Bibliotheksdirektor, waren wir beide für die Amerikaner von großem Wert und wir konnten daher, trotz unserer Vergangenheit, in unseren angestammten Berufen weiterarbeiten.

Der Mitarbeiter der Firma Aschenbrenner hatte zum Glück eine Stablampe dabei und leuchtete in den Zwischenraum.

Es verschlug mir den Atem: ich sah zwei Skelette, die zum Teil auf einem Tisch und zum anderen Teil auf dem Boden lagen. Der Raum war voller Staub und sicher seit Jahrzehnten nicht mehr betreten worden. Da wir keine Spuren verwischen wollten, blieben wir vor der zum Teil abgetragenen Wand stehen und ich rief umgehend die KTU in Straubing an. Sie bestätigten mir, dass sie sofort starten würden. Ich nannte ihnen noch die Adresse, aber die kannten sie bereits von einem früheren gemeinsamen Fall und so war das Gespräch schnell beendet.

Ich sah mir den Raum noch etwas genauer an und stellte fest, dass hier vor langer Zeit ein Ofen gestanden haben musste, denn der Abzug für das Ofenrohr war noch deutlich zu sehen. Zwar war er inzwischen mit Spinnennetzen übersät, aber er hat sicher die Funktion einer Entlüftung erfüllt, denn ohne diese hätte man sicher etwas von den Leichen mitbekommen. Der Raum war nach dem Tod der beiden Leichen ab- gemauert und entsprechend präpariert worden. Aber warum dieser Aufwand? Was war passiert?

„Mina, was meinst du zu dem Szenario?" wollte ich von Frau Stöcklgruber wissen.

„Franz, ich denke es ist noch zu früh um irgendwelche Schlüsse zu ziehen. Aber es ist schon sehr komisch, dass man so einen Aufwand betreibt um zwei Leichen verschwinden zu lassen. Wir müssen auf jeden Fall wissen, wer zu der Zeit in dem Gebäude gelebt hat und vielleicht finden wir auch noch einen Zeitzeugen, der uns etwas aus der Zeit berichten kann. Aber zunächst sollten wir die KTU abwarten, denn wir wissen ja noch gar nicht, wann und woran die beiden gestorben sind. Sollten ja bald da sein".

Ich drehte mich um und fragte den Bauarbeiter, ob er uns etwas zu dem Gebäude sagen konnte. Er meinte, dass wir darüber mit dem Seniorchef reden sollten. Wir kannten ihn ja bereits. Herr Aschenbrenner Senior. Er ist sicher nicht besonders gut auf uns zu sprechen. Hatten wir doch erst vor kurzem seinen Sohn festgenommen. Aber was solls.

Ich rief ihn auf meinem Handy an.

„Herr Aschenbrenner, hier ist Kommissar Breslmaier. Wir kennen uns ja bereits. Wir hatten vor einiger Zeit das Vergnügen, sie in ihrem Firmensitz in Grafling zu sprechen. Ich hätte einige Fragen bezüglich des Ruselhotels, in dem anscheinend ein neuerlicher Mord begangen wurde. Ich bräuchte Informationen von ihnen, die uns die Geschichte des Gebäudes näher bringen".

Es blieb kurz still in der Leitung, bis Herr Aschenbrenner sich räusperte und meinte: „da würde ich sie lieber an Herrn Doktor Krenz verweisen. Er hat die Geschichte der Rusel erforscht und niedergeschrieben. Ich kann ihnen gerne den Kontakt schicken. Ist das in Ordnung, wenn ich den Kontakt an die mir angezeigte Handynummer schicke?"

„Ja, natürlich, das wäre sehr nett".

Wir verabschiedeten uns und ich wendete mich an Frau Stöcklgruber.

„Mina, wir bekommen von Herrn Aschenbrenner die Kontaktdaten von einem gewissen Doktor Krenz. Er hat die Vergangenheit der Rusel erforscht und sogar ein Buch darüber geschrieben. Ich denke, das ist der richtige Ansprechpartner. Ich ruf ihn gleich mal an, wenn ich die Daten von Herrn Aschenbrenner bekomme".

Gesagt, getan, mein Handy meldete einen Dateneingang. Ich öffnete die Nachricht und es war der gewünschte Kontakt von Doktor Krenz. Ich rief ihn umgehend an und wir verabredeten uns für heute Nachmittag. Er gab mir seine Adresse durch und wir vereinbarten, dass wir um 15 Uhr bei ihm sind.

Wir gingen zusammen mit dem Mitarbeiter der Firma Aschenbrenner nach draußen und er bot uns an, dass wir doch im Büro-Container auf die Ankunft der KTU warten könnten.

„Ah .. Herr, wie war doch ihr Name?" wollte ich von ihm noch wissen.

„Alfons Klausen. Ich bin Polier bei der Firma Aschenbrenner", entgegnete er mir.

„Herr Klausen, könnten sie uns bitte den Herrn bringen, der die Toten gefunden hat?"

„Der Günther, Günther Breuherr, hat die Wand eingerissen. Ich schau mal, wo er ist und bringe ihn her. Sie können sich im Container auch einen Kaffe nehmen. Bin gleich wieder da" sagte er, drehte sich um und ging in Richtung Hotel.

Wir betraten den Container. Es war niemand da und wir bedienten uns an dem Kaffeautomat, der in der Ecke stand.

Der Kaffee war gar nicht schlecht. Hätte ich auf einer Baustelle so nicht erwartet.

Es klopfte an der Türe und Herr Klausen erschien zusammen mit einem kleinen, untersetzten Mann mittleren Alters, der sich als Herr Breuherr vorstellte und uns freundlich begrüßte.

Ich begann: „Herr Breuherr, vielen Dank, dass sie sich Zeit für uns nehmen. Wir haben nur ein paar Fragen bezüglich ihres grauseligen Funds. Wie war das für sie, als sie merkten, da ist irgendwas nicht in Ordnung, da stimmt etwas nicht?"

„Also", erwiderte er „das war so. Ich hatte den Auftrag, die Zwischenwände, die meisten aus Ziegel oder Bruchsteinen, zu entfernen, damit der Hans anschließend mit seinem Minibagger die restlichen Stützen entfernen konnte. Bei besagter Zwischenwand war es irgendwie komisch. Die Räume waren ja alle irgendwie gleich dimensioniert. Ich merkte, dass dieser Raum kleiner war als die vorherigen, die ich schon abgebrochen hatte. Ich begann den Abbruch und spürte und roch eine andere, muffige Luft. Ich stellte dann recht schnell fest, dass hinter der Wand, die ich einreißen sollte, ein Zwischenraum war. Ich holte dann den Herrn Klausen und zusammen leuchteten wir in den Raum und erschraken total. So etwas passiert einem ja auch nicht jeden Tag. Wir verständigten dann auch umgehend die Polizei. Natürlich bin ich jetzt gespannt, was sie herausfinden."

Er beendete seine Ausführungen, aber ich hatte noch einige Fragen an ihn.

„Herr Breuherr, der Zwischenraum hatte offensichtlich eine funktionierende Lüftung, denn sonst hätte man ja die Leichen bald gefunden, da der Leichengeruch normalerweise doch sehr intensiv ist. Was können sie uns dazu sagen?"

„Tja, im Zwischenraum war früher sicher ein Ofen eingebaut, wie in den anderen Zimmern auch. Dieser wurde offensichtlich entfernt und übrig blieb der Wandanschluss. Und der diente dann zur Entlüftung des Raums. Daher hat man anscheinend den Verwesungsgeruch nicht wahrgenommen. Das ist für mich die einzige und logische Erklärung".

Na ja, das leuchtete mir ein. Aber wer konnte so eine Mauer errichten?

„Ist die Mauer, die ja anscheinend später oder nachträglich errichtet wurde, von wem auch immer, ist die anders als die anderen Mauern?" wollte ich noch von ihm wissen.

„Ja", meinte er „die Steine sind anders als die in den übrigen Zimmern. Auch der Mörtel ist anders strukturiert, was ich beim Ausstemmen der Wand schon feststellen konnte. Aber ob da ein gelernter Maurer vor Ort war, das kann ich nicht sagen."

„Danke Herr Breuherr, ich denke das wars, hast du noch eine Frage, Mina?"

Frau Stöcklgruber schüttelte den Kopf und Herr Breuherr verabschiedete sich von uns.

Wir setzten uns an den vorhandenen Tisch und schlürften unseren Kaffee, der inzwischen eher lauwarm geworden ist.

„Jetzt bin ich wirklich gespannt, was die KTU uns sagen kann. Vorher ist alles nur ein Schuss ins Blaue", meinte ich an Mina gerichtet. Sie gab mir recht und so warteten wir auf die Ankunft der KTU aus Straubing.

Nach etwa zehn Minuten hörte ich ein Auto und wir gingen beiden nach draußen. Es war die KTU und Frau Doktor Krankl, die Leiterin der KTU Straubing, war selber mit dabei. Wir begrüßten uns freundlich und ich erklärte ihr den momentanen Istzustand. Sie informierte ihre Mitarbeiter und ich führte sie in das Gebäude und wir stiegen die Treppen zum Tatort hoch.

Es war schon eine beängstigende Situation. Wir beide waren Mitglieder in der NSDAP und im NSD-Ärztebund. Mein Mann Otto war zudem sehr aktiv in der Partei und hatte einige Freunde, die ihm gefährlich werden könnten. Also harrten wir der Dinge, die auf uns zukommen sollten. Das Sanatorium war in den letzten Monaten schon geräumt worden und die Betten wurden für Kriegsversehrte und Verwundete bereitgestellt. Das war ein Befehl von oben und wir mussten uns dem natürlich beugen. Otto war sehr beunruhigt. Als Geheimer Regierungsrat war er immer politisch interessiert.

Wir hatten zu der Zeit schon eine Ahnung, es war Anfang 1945, wie der Krieg ausgehen würde. Informationen waren so gut wie kaum zu erhalten. Wir wussten nur, dass die Amerikaner in München einmarschiert sind und die Russen kurz vor Berlin standen. Aber wer zu uns auf die Rusel kommen würde, das war für uns nicht vorhersehbar. Aber dass sie kommen, das wussten wir sicher, denn der Krieg war verloren.

Im Sommer 1944 kam auch meine Schwester Ottilie zu uns auf die Rusel. Sie war verwitwet und benötigte Zuspruch und suchte einen Familienanschluss. Daher war für sie die beste Lösung, zu uns zu kommen.

Ottilie verbrachte ihre Zeit bei uns mit langen Spaziergängen und viel Gesprächen und Abenden im gut beheizten Wohnzimmer. Mit der Zeit wurde sie aber immer aufsässiger. Sie fühlte sich irgendwie um ihr Erbe betrogen. Wie sie darauf gekommen ist, weiß ich nicht. Aber es wurde immer drastischer und beängstigender. Sie drohte uns rechtliche Schritte an. Aber Otto konnte sie immer wieder beruhigen. Sie wollte Geld oder einen Anteil am Sanatorium. Sie drohte uns mit abstrusen Ankündigungen, dass sie uns den Amerikanern oder den Russen unsere Gesinnung verraten werde, dass sie erst zufrieden ist, wenn sie das ihr zustehende Erbe erhalten würde. Aber ich hatte doch mein Erbe, bzw. das von meinen Eltern vererbte Vermögen, komplett in den Kauf und den Bau des Sanatoriums gesteckt. Natürlich hatte sie recht. Otto hatte mich damals, als meine Eltern starben, zur Alleinerbin gemacht. Als Geheimer Regierungsrat war das für ihn kein Problem. Damals war meine Schwester noch verheiratet und hatte finanziell keine Probleme, was sich aber später, nachdem ihr Mann gestorben war, änderte.

„Herr Breslmaier", Frau Doktor Krankl drehte sich zu mir um „könnten sie uns bitte den Herrn schicken, der die Wand abtragen wollte? Wir brauchen einen größeren Ausschnitt um an den Tatort zu kommen".

Natürlich machte ich mich sofort auf die Suche nach Herrn Breuherr. Ich fand ihn auch einige Räume weiter. Ich musste ja nur dem Geräusch des Presslufthammers folgen. Herr Breuherr war auch sofort bereit, die Wand so weit abzutragen, dass die KTU ihre Untersuchungen beginnen konnte. Die hatte inzwischen entsprechende Scheinwerfer aufgebaut und ihre Ausrüstung auf einem Tisch ausgebreitet. Herr Breuherr begann, nach einem Vorgespräch mit Frau Doktor Krankl, vorsichtig mit dem Lösen der Steine.

Da wir nicht mehr gebraucht wurden, verabschiedeten wir uns, nicht ohne darauf hinzuweisen, mich sofort zu informieren, wenn es Neuigkeiten geben sollte. Aber Frau Doktor Krankl meinte, sie kennt mich doch und weiß meine Ungeduld. Damit gingen wir zum Auto und stiegen ein.

Es war inzwischen kurz vor 12 Uhr und mein Magen machte sich bemerkbar.

„Mina, was hälst du davon, wenn wir in Mietraching eine kleine Mittagspause einlegen? Na, du weißt schon, bei dem guten Metzger mit dem super Leberkäse oder den guten Wienern. Er hat auch immer ein tolles Tagesgericht. Sollen wir mal schauen?"

„Ah ja, Franz, eine super Idee. Hätte dich auch schon darauf aufmerksam gemacht, dass das Hungergefühl nicht gut ist für die Arbeit. Also nichts wie auf zum Metzger nach Mietraching. Gib Gas!"

Donnerstag 15. Februar 1945

Habe heute im Radio erfahren, dass Dresden gestern Nacht schwer bombardiert wurde und es viele Tote gegeben hat. Natürlich ist das Abhören von Fremdsendern verboten, aber Otto findet, das sollten wir uns nicht nehmen lassen. Wo führt das alles noch hin? Das ist doch kein Leben mehr. Das Sanatorium ist zurzeit nicht belegt. Der örtliche Gauleiter hat mir verboten, Patienten aufzunehmen. Wir sollten das Sanatorium für die Wehrmacht bereit halten. Verwundete und Kriegsteilnehmer haben oberste Priorität. Das Sanatorium ist für solche Fälle überhaupt nicht ausgerüstet. Wir sind ein Sanatorium für nervenleidende Frauen! Aber natürlich müssen wir uns an die Vorgaben halten. Habe das Personal und die Pfleger, bis auf wenige Ausnahmen, nach Hause geschickt. War nicht einfach.

Mit Ottilie wir es auch immer schwieriger. Gestern hatte sie einen richtigen Schreianfall. Gott sei Dank konnte Otto sie wieder beruhigen. Ich kann ihr das Geld nicht geben, ich habe es nicht mehr! Otto meint, es wird sich alles wieder normalisieren. Aber ich habe so meine Zweifel.

Nach einer kurzen aber leckeren Pause, fuhren wir zurück zur Polizeistation, um unserer Arbeit nachzugehen.

Ich ging noch bei Frau Unholzer vorbei.

„Franz, der Staatsanwalt Herr Doktor Hofer, möchte dich sprechen. Er hat mir gesagt, wenn ich dich sehe, soll ich dich direkt zu ihm schicken. Keine Ahnung, um was es geht. Aber es hat sehr dringend geklungen. Hast du was angestellt"? wollte sie von mir wissen.

„Nein Karin, ich weiß schon, was er von mir will. Bin schon unterwegs". Ich verabschiedete mich von ihr und ging die Treppe hoch in den ersten Stock und betrat das Büro von Herrn Doktor Hofer.

Im Vorzimmer blickte mich die Sekretärin, Frau Hierl, fragend an. Ich teilte ihr mit, dass Herr Doktor Hofer mich dringend sprechen wollte. Über die Gegensprechanlage auf ihrem Schreibtisch fragte sie bei Herrn Doktor Hofer an, ob er Zeit hat mich zu empfangen. Er wies Frau Hierl an, mich gleich zu ihm zu schicken.

Ich klopfte kurz an und trat ein.

„Herr Breslmaier", begann er umgehend „was ist denn passiert? Ich habe etwas mitbekommen, dass im Ruselhotel…".

Ich unterbrach ihn und meinte „Ja Herr Doktor Hofer. Es gab dort zwei verweste Leichen. Wir kommen gerade von dort. Die KTU ist momentan damit beschäftigt, Spuren zu sichern und eventuell die Leichen, oder das was von ihnen noch übrig ist, zu untersuchen. Es sind zwei Tote und die wurden von einem Arbeiter beim Abbruch der Zwischenmauern entdeckt. Der Raum, in dem sich die beiden befanden, wurde nachträglich ab gemauert. Das konnten wir bereits feststellen. Aber wer die beiden sind, wissen wir noch nicht. Scheint einige Jahre her zu sein, dass diese sich in dem Raum befinden. Ich habe heute Nachmittag einen Termin bei Herrn Doktor Krenz, der mir hoffentlich einiges über das Ruselhotel sagen kann".

„Also, nichts wie ran an die Ermittlungen. Die Presse halten wir vorerst raus. Keine Info an Jemanden. Geben sie mir bitte Bescheid, wenn sie etwas Konkretes haben". Damit verabschiedeten wir uns und ich ging zu unserem gemeinsamen Büro in den zweiten Stock. Frau Stöcklgruber saß konzentriert am Monitor und hob kurz den Kopf.

„Was wollte denn Herr Doktor Hofer"? wollte sie von mir wissen.

„Na, der hatte schon von den beiden Toten im Ruselhotel gehört. Von wem auch immer. Und natürlich will er informiert werden wenn es etwas Neues gibt. Wie immer halt".

„Ja, ja, dafür ist er auch der Staatsanwalt". meinte sie lakonisch.

„Hast du schon etwas im Internet gefunden, was zu unserem Fall passt?"

„Ja und nein. Bevor ich etwas finden kann muss ich erst wissen, wann in etwa die beiden umkamen. Für mich sieht es ja nach Mord aus. Aber es ist noch nichts erwiesen. Und bis dahin können wir nur spekulieren und das ist immer sehr unsicher. Also warten wir lieber Frau Doktor Krankls Stellungnahme ab. Dann können wir erst richtig loslegen. Stimmt's Franz?"

„Ja leider. Aber abwarten war noch nie meins. Ich lege jetzt erst mal eine Akte an und schreibe, was wir bisher haben. Kurz vor drei Uhr fahren wir dann zu Doktor Krenz. Du bist doch mit dabei, oder"?

„Ja, na klar. Will ich doch auch wissen, was Herr Doktor Krenz uns zu berichten hat. Hoffentlich hat er ein paar nützliche Hinweise für uns".

Damit machten wir uns beide an unsere Arbeiten. Um 14:30 Uhr meldeten wir uns bei Frau Unholzer ab, mit dem Hinweis, dass sie uns sofort informieren sollte, wenn Frau Doktor Krankl etwas Neues für uns hätte und machten uns auf den Weg zu Herrn Doktor Krenz.

Er wohnte etwas außerhalb von Deggendorf in einem reinen Wohngebiet. Wir fanden die angegebene Adresse sehr schnell und parkten unser Auto.

Freitag 16. Februar 1945

Otto war heute in Deggendorf. Er berichtete, dass die Stimmung in der Bevölkerung sehr angespannt ist. Die Leute sind total verunsichert und eine Unterhaltung ist kaum möglich. Es sind über tausend Flüchtlinge in der Stadt! Außerdem wurde am fünften Februar die Stadt zum ersten Mal aus der Luft angegriffen. Wie Otto berichtete, war der Kohlberg das Ziel.

Es gab ein paar Verletzte, aber keine Toten. Man kann immer wieder Fliegeralarme hören. Bezugsscheine für verschiedene Lebensmittel haben wir noch genügend, da wir in erster Linie von unseren Nachbarn Lebensmittel aus Selbstanbau beziehen können. Aber natürlich brauchen wir auch Sachen, die die Nachbarn nicht haben. Otto ist ein echter Ruhepol in dieser verrückten Zeit.

Ottilie ist zurzeit richtig apathisch. Sie liegt in ihrem Bett und erzählt uns wirre Geschichten. Ich weiß auch nicht, wo und wie das enden soll. Otto meint, dass sich alles über kurz oder lang wieder normalisieren wird.

Wir klingelten und wurden über die Sprechanlage in das Haus gebeten. Es begrüßte uns ein grauhaariger hagerer Mann von etwa siebzig Jahren. Er schob seine Brille noch etwas nach oben und stellte sich als Doktor Krenz vor. Ein kräftiger Händedruck rundete sein Erscheinungsbild ab.

„Herr Doktor Krenz, schön dass sie sich Zeit für uns nehmen. Ich bin Hauptkommissar Breslmaier und das ist meine Kollegin Kommissarin Stöcklgruber. Wir sind an sie verwiesen worden, weil sie über die Rusel in der Vergangenheit einige Nachforschungen gestellt hatten und diese auch veröffentlicht haben. Also denken wir, wenn uns jemand etwas über die Vergangenheit der Rusel und hier vor allem über das Ruselhotel zu berichten hat, dann sind wir bei ihnen an der richtigen Stelle. Habe ich recht"?

„Da haben sie recht. Aber kommen sie doch erst mal herein", meinte er und führte uns in sein Arbeitszimmer. Er bot uns noch etwas zum Trinken an und da es früher Nachmittag war, hatten wir nichts gegen einen frischen, duftenden Kaffee.

„Herr Kommissar und ihre Kollegin. Was genau wollen sie denn von mir wissen"?

Ich übernahm die Unterhaltung. „Wir möchten einen allgemeinen Überblick über die Entwicklung der Rusel, und hier speziell das jetzige Ruselhotel haben. Wann gebaut, von wem, und warum gerade auf der Rusel. Außerdem wäre es sehr nützlich, wenn wir Namen der Beschäftigten oder Leuten bekämen, die mit der Rusel in Verbindung standen".

„Na ja", meinte er etwas jovial „da wollen sie ja einiges von mir wissen. Aber ich denke, ich kann ihnen da schon weiterhelfen".

Er stand auf und holte ein Büchlein aus der Bücherwand die hinter ihm an der Wand angebracht war.

„Das ist das Buch, das ich über die Rusel geschrieben habe. Es ist vor fünf Jahren gedruckt worden und der Herausgeber war ein örtlicher Verlag. Die Auflage war nicht groß. Aber ich bin froh, es geschrieben zu haben. Es war auch sehr interessant zu sehen, was sich auf dem Gebiet der Rusel so im Lauf der Jahre und Jahrzehnte abspielte.

Meine Aufzeichnungen beginnen im Jahr 1804, in dem ein gewisser Leopold Rechenmacher für 9250 Gulden das gesamt Gebiet erwirbt. Früher wurde dort auch noch Ackerbau und Viehzucht betrieben. Es waren demnach Hochweidegebiete. Heutzutage ist ja alles bewaldet, es wurde, nachdem die Bauern abgezogen waren, künstlich aufgeforstet, und hier vor allem mit Fichten.

Herr Rechenmacher erwarb das Gebiet mit der Erlaubnis, dort auch eine Schankwirtschaft zu errichten. Es wurde nämlich eine neue Straße auf die Rusel gebaut, nachdem die alte Trasse durch die Saulochschlucht für die Fuhrwerke zu steil und beschwerlich wurde. Und so baute er an die neue Straße eine Gastwirtschaft, die auch sehr gut florierte. Leider wurde bei einem Brand im Jahre 1904 alles vernichtet.

1921 erwirbt Frau Doktor Schmidt- Schattenloh das Gebiet Rusel. Sie kam aus Osnabrück und war Frauenärztin. Heute würde man dazu Gynäkologin sagen. Sie baute an der Stelle der abgebrannten Schankwirtschaft ein neues, großes Gebäude, ein Erholungsheim für Lungenschwache und in der Nähe ein Gasthaus, sowie eine Kapelle. 1930 wandelte sie das Erholungsheim um in ein Sanatorium für nervenkranke Frauen. Um ihr Lebenswerk zu sichern, gründete sie eine Stiftung, die Dr. Elisbeth Schmidt-Schattenloh-Stiftung. 1952 starb Frau Dr. Schmidt-Schattenloh. 1959 wurde das Sanatorium, nachdem es finanzielle Probleme gab, in den heutigen Berggasthof umgebaut, in ein Hotel umgewandelt und verpachtet. Die OCRA-Brauerei aus Moos hat im Jahr 2008 das gesamte Anwesen für drei Generationen, also insgesamt für 99 Jahre, gepachtet. Bedingt durch die Klimaveränderung, wurden im Jahr 2012 die beiden großen Lifte auf der Rusel stillgelegt und nicht weiterbetrieben. In Betrieb blieb nur noch der „Golfplatz-Lift". Aber der wurde 2013 ebenfalls abgeschaltet und zwei Jahre später komplett abgebaut".

Mein Handy klingelte, ich entschuldigte mich Bei Herrn Doktor Krenz und ging ran.

Es war Frau Doktor Krankl von der KTU aus Straubing. Na endlich. Sie informierte mich, dass die bisherigen Untersuchungen ergeben hätten, dass es sich um Mord handelt, da die beiden Leichen Einschusslöcher in den Schädeln aufweisen. Außerdem konnte sie in etwa den Zeitpunkt der Ermordung feststellen. Es müsste sich nach ihrer Angabe ungefähr 1945 oder 46 abgespielt haben. Das ergaben Gewebeproben und die Untersuchung des zum Abmauern des Zwischenraums verwendeten Mörtels. Genauere Angaben sollten folgen. Aber das war schon mehr als ich erwartet hatte.

„Herr Doktor Krenz, Vielen Dank für die Ausführungen, aber jetzt würde ich gerne von ihnen wissen, wenn es möglich ist, ob sie etwas von der Zeit 1945/46 in ihren Unterlagen haben. Was passierte mit dem Sanatorium in dieser Zeit? Gab es irgendwelche Ereignisse, die für uns interessant wären?"

Herr Doktor Krenz kratzte sich am Kinn und meinte: „Na ja ... natürlich gingen die Kriegswirren nicht spurlos am Sanatorium vorbei. Es wurde von den Amerikanern nach Kriegsende als Krankenhaus oder Lazarett benutzt. Ich kann mir vorstellen, dass Frau Schmidt-Schattenloh davon nicht begeistert war. Aber sie konnte das auch nicht ändern. Wir hatten ja den Krieg verloren!"

„Können sie uns sagen, wer bei Frau Schmidt-Schattenloh im Haushalt wohnte"?

„Da müsste ich erst mal in meinem Büchlein nachlesen".

Er blätterte einige Seiten auf und meinte

„Ah ja, da habe ich was gefunden. Sie war verheiratet mit dem geheimen Regierungsrat, Professor Doktor Bibliotheksdirektor a.D. Otto Schmidt. Sie hatten eine gemeinsame Tochter, die aber nie irgendwo erwähnt wurde, also mit der Rusel nie in einem Zusammenhang stand. Aber ihr Ehemann Otto wurde in den letzten Kriegstagen von ihr als vermisst gemeldet, genauso wie ihre jüngere Schwester Ottilie, die anscheinend bei ihnen wohnte. Da die letzten Kriegstage sehr chaotisch waren, wie sie sicher verstehen können, wurde die Vermisstenanzeige kaum wahrgenommen und auch nicht weiter verfolgt. Beide wurde auch später nicht mehr erwähnt, also gehe ich davon aus, dass sie nie gefunden wurden".

Ich blickte überrascht auf. „Das ist sehr interessant für uns. Wir haben heute Vormittag im Ruselhotel zwei Leichen gefunden. Das könnten natürlich die beiden Vermissten sein. Auf jeden Fall haben wir jetzt eine Spur die wir weiter verfolgen können".

Herr Doktor Krenz entschuldigte sich mit den Worten: „ich müsste mal für kleine Jungs. Sie wissen schon, ältere Männer und der Harndrang". Ich nickte verständnisvoll und Herr Doktor Krenz verließ eilig das Zimmer.

Ich wandte mich zu Frau Stöcklgruber um und informierte sie über die von Frau Doktor Krankl festgestellten Ergebnisse.

„Ja", meinte sie „das könnte passen. Aber wenn die beiden erschossen wurden, wer könnte der oder die Täter oder Täterin sein und warum? Warum wurden sie anschließend eingemauert? Waren es ein oder mehrere Täter? Aber ich denke, wir wissen jetzt zumindest, wer die Opfer sind. Und das bringt uns schon ganz schön voran".

Nach kurzer Zeit kam Herr Doktor Krenz sichtlich erleichtert wieder zurück.

Mina wandte sich an ihn: „Herr Doktor Krenz, ich hätte noch eine Frage an sie: können sie uns vielleicht dabei helfen, die zu der Zeit im Sanatorium beschäftigten Personen oder auch Patienten zu finden? Gibt es Aufzeichnungen von damals? Hatte die Familie Schmidt auch eine Haushalthilfe? Das sind jetzt natürlich viele Fragen, die es gilt zu klären. Können sie uns dabei helfen"?

.„Mmhh, ich will es gerne versuchen. Aber ich kann nichts garantieren. Es geht ja um die Jahre 1945 und 1946 richtig? Und die Zeit damals war mehr als wirr und es ging drunter und drüber. Da muss ich erst mal sehen, ob ich etwas finden kann".

Wir bedankten uns herzlich bei ihm und ich gab ihm noch unsere Visitenkarten, damit er uns informieren kann, wenn er etwas finden würde.

Wir verabschiedeten uns freundlich von ihm und fuhren zurück in Richtung Deggendorf.

Mittwoch 21. Februar 1945

Ottilie hat sich in letzter Zeit total verändert. Sie ist jetzt verständnisvoll und gesprächsbereit. Man kann sich wieder ganz normal mit ihr unterhalten. Warum das so ist, ist für mich ein Rätsel. Ich bin mir nicht sicher, ob das auch so bleibt.

Die Amerikaner rücken immer weiter vor. Leider bekommt man keine genauen Informationen. Unser Radio hilft uns an aktuelle Informationen zu kommen. Aber es ist verboten, ausländische Sender zu empfangen und wir müssen aufpassen, dass Ottilie nichts davon mitbekommt. Sicher ist sicher. Ich traue ihr noch nicht.

Gestern Nacht haben wir versucht, BBC London in unserem Volksempfänger abzuhören. Nach etlichen Versuchen hatten wir endlich eine leidliche Verbindung. Otto hat sich dafür extra mit der Wurfantenne im Zimmer bewegt, bis er eine Stelle fand, die anscheinend den besten Empfang ermöglichte.

Wir erfuhren, dass die Alliierten immer weiter vorrücken. In Russland wurde die deutsche Wehrmacht bei Libau in Kurland von den Russen angegriffen. Es sieht nicht gut aus für uns.

Zurück im Präsidium, schaute ich erst bei Frau Unholzer vorbei, Mina ging hoch in unser Büro,

„Karin, gibt es etwas Neues bezüglich Ruselhotel und unseren Leichen?", wollte ich von ihr wissen.

„Ja Franz, Frau Doktor Krankl hat sich nochmal gemeldet. Ich soll dir mitteilen, dass die beiden Toten ein Mann und eine Frau sind. Das Alter will sie später, nach entsprechenden Untersuchungen, noch durchgeben. Die beiden wurden erschossen. Beides Mal Kopfschüsse. Sie sind auf jeden Fall über vierzig. Das konnte sie mir schon sagen. Die beiden Projektile, mit denen sie erschossen wurden, hat sie bisher nicht gefunden. Wahrscheinlich sind sie noch in dem Raum wo die beiden gefunden wurden. Die schriftlichen Berichte folgen".

„Danke Karin, ich denke, wir wissen inzwischen, wer die beiden sind. Herr Doktor Krenz, ein bekannter Geschichtsforscher, hat uns dabei viel geholfen. Aber es ist natürlich nicht einfach, da sich ja alles, was wir vermuten, in den Jahren 1945 und 46 auf der Rusel abgespielt hat".

Damit verabschiedete ich mich von ihr und ging die beiden Stockwerke hoch zu unserem Büro. Frau Stöcklgruber war in ihren Monitor vertieft und beachtete mich nur mit einem kurzen Seitenblick.

Es war inzwischen kurz nach vier Uhr, also noch genügend Zeit, um einen vorläufigen Bericht zu schreiben. Natürlich hatten wir noch nicht viel, aber ich denke wir waren auf der richtigen Spur. Ich brachte Frau Stöcklgruber noch auf den aktuellen Stand.

Um kurz vor fünf schnappte ich mir mein Sakko und machte mich auf den Weg nach Hause.

TAG 2 Mittwoch 19. September 2018

Wie die Tage vergehen. Bin gespannt, was mich heute erwartet, wie sich die Dinge weiterentwickeln, wie wir in unseren Ermittlungen vorwärts kommen.

Ein wunderschöner Herbsttag erwartet mich. Die Luft ist klar und Deggendorf zeigt sich von seiner Schokoladenseite. Hoffentlich hält der Tag, was er verspricht.

Meine Frau Claudia hat mir beim Frühstück zu verstehen gegeben, dass sie heute Abend mit mir an die Donau zur Strandbar gehen will. Eine der letzten Gelegenheiten, bevor die Strandbar in den Winterschlaf gehen würde. Komme was wolle. Natürlich konnte und durfte ich nicht nein sagen, denn sonst würde der Haussegen die nächsten Tage schief hängen und wer will das schon. Also verabredete ich mich mit ihr gegen fünf Uhr an der Strandbar. Ich würde mich aber vorher noch bei ihr telefonisch melden.

Im Präsidium angekommen, schaute ich zunächst, ob Staatsanwalt Herr Doktor Hofer schon anwesend ist. Seine Sekretärin gibt mir zu verstehen, dass Herr Hofer heute Vormittag im Gericht zu tun hat, also erst am Nachmittag wieder im Haus ist. Na ja, auch nicht so schlimm, dann eben erst später.

Ich gehe hoch in mein Büro, wo Frau Stöcklgruber bereits am Computer sitzt. Sie sieht wie immer sehr gut und adrett aus und ich begrüße sie mit einem legeren ´Hi `.

„Na Mina, hast du etwas neues gefunden"? will ich von ihr wissen.

„Nein, nicht wirklich. Die Informationen aus den beiden Jahren 1945 und 46 sind doch sehr dürftig. Und über die Rusel und die Lungenheilanstalt zu der Zeit finde ich noch weniger bis gar nichts".

„Dafür haben wir doch den Doktor Krenz. Der wird uns schon weiterhelfen".

„Übrigens" fügt sie noch hinzu „hat sich bei mir der Investor des neuen Ruselhotels gemeldet. Er wollte von mir wissen, wie lange der Baustopp noch dauert. Ich habe ihm gesagt, dass wir mit den Untersuchungen noch nicht fertig sind und sobald wir damit durch sind, kann weitergebaut werden. Stimmt doch, oder Franz"?

Ich gab ihr Recht und wollte noch wissen, wie der Investor heißt, da ich das noch nicht wusste.

„Es ist eine Investment-Gruppe, deren Vorsitzender, ein gewisser Herr Gerlach, mit mir telefoniert hat. Eigentlich ein ganz netter Mensch, zumindest am Telefon, warum auch nicht".

„Mina, ich denke, wir sollten heute auf die Rusel hochfahren und die Nachbarn befragen, ob sie etwas aus diesen Jahren noch wissen, von ihren Eltern oder Großeltern. Könnte uns weiterbringen, wenn wir einen Hinweis bekommen. Was meinst du?"

„Ja Franz, ich denke, das sollten wir auf jeden Fall versuchen. Was anderes können wir momentan auch nicht machen. Wenn das nicht schon so lange zurückliegen würde! Wie sollen wir da noch etwas finden …. na ich bin gespannt.

Das ist mein erster Fall, in dem ich so in der Vergangenheit ermitteln muss. Bin ich nicht gewohnt."

„Mir geht es genauso" erwiderte Frau Stöcklgruber.

Montag 26. Februar 1945

Gestern, am Sonntag, hatte ich zum ersten Mal das Gefühl, dass Otto sich mehr als normal um Ottilie kümmert. Ich habe ihn dabei überrascht, als er ihre Hand hielt und ihr über das Haar strich. Das sah schon sehr intim aus. Ich habe ihn auch darauf angesprochen. Aber er stritt alles ab und meinte nur, dass ich doch nicht phantasieren soll. Da war doch nichts!

Gestern wieder BBC gehört. Die Bombardierung von Dresden am 15. Februar soll laut Svenska Dagblatt, das die BBC zitiert, fast 200.000 Tote gekostet haben. Die Zahl ist unglaublich! Wo soll das alles noch hinführen. Bei uns ist es Gott sei Dank immer noch ruhig. Aber ich denke, es ist die Ruhe vor dem Sturm.

Otto werde ich die nächste Zeit etwas genauer beobachten. Nicht dass er sich mit meiner Schwester gegen mich verbündet. Das hätte mir gerade noch gefehlt!

Wir fahren in Richtung Rusel. Es herrscht normaler Verkehr und wir kamen zügig vorwärts.

„Mit wem fangen wir an, wen fragen wir als erstes"? meinte Mina an mich gewandt.

„Na, wir schauen Mal, wo die nächsten Nachbarn sind und da fragen wir nach. So einen richtigen Peil habe ich auch noch nicht".

Wir fuhren als erstes in das ehemalige Forsthaus und parkten in der Einfahrt.

Ich schaute noch auf das Klingelschild am Hauseingang: Familie Würzinger. Und da machte es klick bei mir: Würzinger, da war doch der Mord an der Tochter die mit dem Herrn Brunner ein Verhältnis hatte. Jetzt hatte ich wieder alles deutlich vor mir. Natürlich: und die alte Frau Würzinger war damals schon sehr verwirrt. Ob wir von ihr Informationen zu unserem Fall bekommen würden? Eher kaum. Aber ein Versuch ist es sicher wert.

Ich klingelte. Nach mehreren Versuchen öffnete sich die Türe einen Spalt breit und Frau Würzinger erschien.

„Ja bitte"? begrüßte sie uns.

„Frau Würzinger, wir sind von der Mordkommission aus Deggendorf. Hauptkommissar Breslmaier und Kommissarin Stöcklgruber. Wir kennen uns bereits aus einer anderen Sache. Wir waren hier wegen dem Mord an ihrer Tochter, wenn sie sich erinnern.

„Ach meine Tochter", meinte sie. „Was ist denn mit ihr? Ist sie wieder mal zu schnell gefahren"?

„Nein, Frau Würzinger", entgegnete ich „ihre Tochter ist bereits seit einiger Zeit tot. Wir sind auch nicht wegen ihr da, sondern wollten von ihnen wissen, ob sie uns etwas aus der Zeit um 1945 auf der Rusel erzählen können".

Sie erschrak richtig wegen meiner Nachricht über ihre Tochter.

„Die Ingrid lebt nicht mehr? Das ist ja furchtbar!!....."

Sie rang um Fassung und meinte

„1945? Da war ich noch in Rosenheim. Ich war damals acht Jahre alt und es war schrecklich. So viele Verwundete und Flüchtlinge. Meine Mama hat sich so lieb um uns Kinder angenommen. Aber es gab ja kaum etwas zum Essen. Wir hatten immer schrecklichen Hunger. Das war nicht schön."

Anscheinend war ihr Langzeitgedächtnis noch perfekt in Ordnung. Alzheimer ist schon eine komische Krankheit. Hoffentlich gibt es bald Medikamente oder Möglichkeiten, um den erkrankten Patienten ein normales Leben zu ermöglichen.

„Ja, Frau Würzinger, können wir uns nicht im Haus unterhalten. Ich denke, sie können uns doch einiges aus der Zeit berichten".

Sie bat uns ins Haus und wir gingen zusammen in das Wohnzimmer. Dunkle Decken, schwere Teppiche und ebensolche Möbel machten das Wohnzimmer zu einer unwirtlichen Höhle. Wir setzten uns auf die Couch, Frau Würzinger nahm im Sessel gegenüber Platz.

„So, was wollten sie von mir wissen?" begann sie das Gespräch.

„Es geht um das Jahr 1945, der Krieg ging zu Ende und die Amerikaner marschierten in Deggendorf und natürlich auch auf der Rusel ein. Der Krieg war ja am 26. April zu Ende. Uns würde interessieren, ob sie, oder ihr Mann, vom Ende des Kriegs auf der Rusel etwas mitbekommen haben".

„Also ich selber nicht, aber mein Mann war als Förster auf der Rusel, als junger Mann wurde er nicht eingezogen, da er eine wichtige Funktion in dem Revier hatte".

„Hat er ihnen aus der Zeit vielleicht etwas berichtet? Für uns ist vor allem interessant, was mit dem ehemaligen Sanatorium passiert ist. Hatten sie noch Kontakt mit der Leiterin, Frau Doktor Schmidt-Schattenloh?"

„Nein, die kenne ich nur aus Erzählungen von meinem Mann. Er hat berichtet, dass sie sehr engagiert und herrisch war. Es war ja auch eine sehr schwierige Zeit. Ich bin mit meinem Mann in das Forsthaus erst im September 1959 eingezogen. Da war sie schon einige Jahre tot."

„Und ihr Mann, was hat er ihnen von Frau Schattenloh erzählt"? wollte ich noch wissen.

„Na ja, wie gesagt, sie war nicht einfach. Das Sanatorium war ihr ein und alles. Und nach dem Krieg war kaum mehr ein Geschäft damit zu machen. Er hat mir auch erzählt, dass ihr Mann 1945, zusammen mit ihrer Schwester, als verschollen galt. Schon komisch, oder? Aber es war ja auch Krieg und was da so alles passiert ist!"

„Hatte Frau Schattenloh irgendwelche Bedienstete oder Vertraute in ihrem Haushalt"?

„Nicht das ich wüsste", meinte sie und zupfte ihr Kleid zu Recht. Es war schon unglaublich, an was sie sich alles noch erinnern konnte.

„Aber vielleicht kann ihnen Herr Hacker weiterhelfen. Der wohnt ja schon immer auf der Rusel. Es ist das letzte Haus ganz oben in Richtung Dattinger Berg, ach und übrigens, was wollten sie jetzt eigentlich von mir und wer sind sie?"

Ich ging nicht mehr auf ihre Frage ein, denn es hätte sowieso nichts mehr gebracht und beendete das Gespräch mit den Worten „Ja, danke für den Hinweis, Frau Würzinger".

Wir verabschiedeten uns schnell von ihr und gingen in Richtung Auto. Ich schüttelte nur den Kopf. Ich wollte gerade etwas zu Frau Stöcklgruber sagen, als mein Handy klingelte.

Herr Doktor Krenz meldete sich und teilte mir mit, dass er neue Erkenntnisse habe und ob wir bei ihm vorbeischauen könnten. Ich stimmte spontan zu und so fuhren wir in Richtung Deggendorf zurück, gespannt, was er uns berichten konnte.

Montag 05. März 1945

Gestern wieder BBC gehört. Die Zahl der Toten anlässlich der Bombardierung von Dresden wurde nun doch nachträglich korrigiert. Es waren „nur" etwa 25.000 Tote. Aber was pas-

siert in den anderen Städten? Nürnberg, Hamburg, München, Berlin?

Es hat immer noch viel Schnee und daher müssen wir viel heizen. Gott sei Dank haben wir viel Holz eingelagert. Sonst hätten wir ein großes Problem. Auch bei den Nachbarn ist noch genügend Holz vorhanden. Habe ihnen schon angeboten, wenn Not am Mann ist, können sie gerne von uns bekommen.

Das Problem ist eher die Verpflegung. Mit den Essensmarken bekommt man nur das Notwendigste. Und wir sind jetzt drei Leute bei uns im Haushalt und der Gotthilf, der uns bei allen anfallenden Arbeiten zur Seite steht. Ohne ihn wären wir ganz schön aufgeschmissen. Er war ja früher als Hausmeister bei mir angestellt. Jetzt kümmert er sich um Sanatorium, den Berggasthof und um uns. Er hat so seine Quellen auf der Rusel, wo er auch mal ein Reh oder eine Wildsau bekommt. Schön, dass er bei uns ist!

Herr Doktor Krenz begrüßte uns recht herzlich und bat uns in sein Arbeitszimmer. Wir setzten uns in die gemütliche Sitzecke und er begann auch umgehend:

„Also, ich habe meine Unterlagen nochmal durchforstet und dabei festgestellt, dass ich einen Auszug aus dem damaligen Melderegister der Gemeinde Urlading in meinen gesammelten Werken liegen habe. Und das ist natürlich mehr als interessant für sie, nehme ich an. Ich habe es natürlich sofort mit dem derzeitigen Stand auf der Rusel verglichen und dabei festgestellt, dass es noch zwei Familien gibt, die seit mindestens 1945 auf der Rusel gemeldet sind: Familie Hacker und Familie Weinzierl. Dabei ist damals, 1945, Herr Gotthilf Weinzierl als Hausmeister am Sanatorium gemeldet. Gotthilf Weinzierl war damals 47 Jahre alt, also Jahrgang 1898. Am 1. April 1971 kam die Rusel im Zuge der Gebietsreform mit der Gemeinde Urlading zur Gemeinde Schaufling. Daher sind die weiteren Unterlagen bei der Gemeinde Schaufling einzusehen. Aber ich denke, die sind für sie nicht mehr so interessant. Liege ich richtig"? wollte er von mir wissen und wandte sich an mich.

„Da haben sie natürlich recht", erwiderte ich. „Also ist jetzt für uns vor allem die Familie Weinzierl von Interesse. Nochmal vielen Dank für ihre Bemühungen. Ich denke, dass sie uns einen großen Schritt nach vorne gebracht haben".

Wir standen auf und verabschiedeten uns von ihm.

Dienstag 20. März 1945

Es wird immer schlimmer. Otto gibt sich sehr zurückhaltend, gerade jetzt, wo ich ihn bräuchte.

Wir waren gestern gemeinsam in Deggendorf. Unser DKW meisterte die schwierige Fahrt bei Schnee die Rusel rauf und runter anstandslos. Nur die Heizung lässt zu wünschen übrig. Wie immer.

In Deggendorf ist die Hölle los. Fast 1.100 Flüchtlinge bei 13.000 Einwohnern. Die Menschen sind total fertig. Man sieht nur eingefallene Gesichter, ausgemergelte Körper und tote Augen, Augen die kein Leben mehr haben. Die gesamte Wirtschaft, das Leben, ist in Deggendorf zusammengebrochen. Ab und zu sieht man noch NSDAP Gefolgsleute. Aber nicht viele. Und sie sind verängstigt und fühlen sich anscheinend verfolgt. Ist ja auch kein Wunder. Hoffentlich ist das bald zu Ende. So kann es nicht mehr lange weitergehen.

Es war inzwischen kurz vor zwölf Uhr und mein Magen machte sich bemerkbar.

„Und, was meinst du Mina? Mein Magen verlangt nach Aufmerksamkeit".

„Schön beschrieben, Franz" meinte sie an mich gewandt. „ich weiß schon, du hast Hunger und mit einem leeren Magen kann man nicht arbeiten und auch nicht denken, deine Worte. Also los, lass uns etwas zum Essen suchen bevor du sauer wirst und nicht mehr denken kannst. Wäre ja nicht mehr zum Aushalten".

Wir fuhren in Richtung Innenstadt, Finanzamtkreuzung, Nördlicher Graben und kurz vor der Genobank war doch tatsächlich ein Parkplatz frei. Also nichts wie schnell eingeparkt.

„Komm Mina, auf geht's. Metzgerei Tauscher gegenüber, hat immer eine tolle Mittagskarte. Nicht groß aber super lecker".

Wir überquerten die Straße und betraten die Metzgerei. Es waren schon ein paar Leute da, aber wir hatten Glück. Ein Stehtisch war noch frei. Wir bestellten aus der Mittagskarte und ließen es uns schmecken.

Nachdem wir beide gut satt waren, verließen wir die Metzgerei und gingen wieder zurück zum Auto.

„Mina, jetzt bin ich richtig motiviert und kann auch wieder denken. Ich hoffe, dass wir mit der Vermutung von Doktor Krenz richtig liegen. Wie hieß der damalige Hausmeister noch mal?"

„Weinzierl, Gotthilf" kam es wie aus der Pistole geschossen von ihr.

„Na dann los, ich bin gespannt, was sich ergibt, was wir rausfinden können. Vielleicht haben wir heute schon die Lösung des Falls. Wäre nicht schlecht, wenn wir den Fall abschließen könnten".

Wir stiegen in unser Auto ein.

„Übrigens, der Vorname Gotthilf, habe ich dir schon erzählt, wie ich als Ministrant …"

Sie unterbrach mich und meinte „Ja, Franz, hast du mir schon erzählt, wie dir als Ministrant beim Gehen dein Überrock nach unten rutschte und du keine Hand frei gehabt hast, ihn wieder hochzuziehen, weil du das große Messbuch tragen musstest. Das kann ich mir so richtig vorstellen. Da passt das Stoßgebet: Gotthilf".

Wir lachten beide, ich nickte ihr zu und startete das Auto.

Ich rief über die Freisprechanlage noch im Präsidium bei Frau Unholzer an um die Anschrift der Familie Weinzierl auf der Rusel zu bekommen. Sie brauchte auch nicht lange bis sie mir die Adresse durchgeben konnte.

Wir kamen gut voran und waren in kurzer Zeit auf der Rusel. Wir parkten unser Auto unterhalb der Familie Hacker, bei der angegebenen Adresse.

Mittwoch 04. April 1945

Wien wird von den Russen eingenommen.

Vorgestern, am 2. April, wurde bereits Plattling bombardiert. Es wird immer enger. Die Einschläge kommen immer näher. Im Radio bekommen wir über BBC London die aktuellen Meldungen, wo die Alliierten stehen. Otto meint, dass es nicht mehr lange dauert bis sie vor unserer Türe stehen.

Ich hoffe nur, dass nicht die Russen uns erobern, sondern wenn schon, dann die Amerikaner. Ich denke, das wäre in der jetzigen Situation die bessere Alternative. Den Russen kann man ja überhaupt nicht trauen, meint Otto. Außerdem sprechen wir beide englisch, nicht gerade fließend, aber man kann sich verständlich machen, das sollte reichen.

Ottilie wird immer komischer. Ich weiß nicht, was sie hat.

Wir gingen zu der angegebenen Adresse und klingelten an der Tür. Das Haus war renovierungsbedürftig. Der Putz bröckelte schon an einigen Stellen, das Dach war moosbedeckt und die Fensterläden hätten auch einen neuen Anstrich seit längerem nötig. Ich klopfte noch zusätzlich, aber es kam keine Reaktion. Wir gingen um das kleine Haus herum und schauten in die Fenster. Aber nirgends ein Lebenszeichen.

„Scheint niemand zu Hause zu sein", meinte Frau Stöcklgruber. Ich gab ihr recht und so beschlossen wir, dass wir mal im Nachbarhaus, bei Familie Hacker, nachfragen. Vielleicht wissen die ja, wo die Familie Weinzierl abgeblieben ist.

Wir klingelten und es wurde uns umgehend die Türe geöffnet.

„Frau Hacker"? begrüßte ich die etwa 50-jährige Frau.

„Ja bitte, sie wünschen"? wollte sie von mir wissen

„Frau Hacker, wir sind von der Mordkommission aus Deggendorf, Hauptkommissar Breslmaier und meine Kollegin, Kommissarin Stöcklgruber". Wir zeigten ihr unsere Ausweise. „Wir wollten eigentlich zur Familie Weinzierl, ihren Nachbarn. Aber anscheinend ist niemand zuhause. Wissen sie, wo wir sie finden können?"

„Ach ja, die Weizierls sind einmal im Jahr bei der Schwester von Frau Weinzierl in Kiel. Da sie kein Auto haben, fahren sie immer mit dem Zug. Sie hat mir gesagt, dass sie morgen wieder zurückkommen, so gegen Nachmittag. Ich kümmere mich in der Zeit um ihre Post und um die beiden Katzen", dabei zeigte sie auf das Haus der Weinzierls.

Frau Stöcklgruber mischte sich mit ein: „Hat denn die Familie Weinzierl ein Handy, über das wir sie erreichen könnten"?

„Nein", kam spontan die Antwort. „Ein Handy haben die beiden nicht. Sie haben es sowieso nicht so mit der neuen Technik. Fernsehen ist schon das äußerste der Gefühle, wenn sie verstehen, was ich meine".

„Ja", entgegnete Frau Stöcklgruber. „Würden sie uns informieren, wenn die Weinzierls morgen wieder da sind? Wäre sehr nett. Ich gebe ihnen auch meine Visitenkarte, unter der Handynummer können sie mich jederzeit erreichen". Sie gab ihr ihre Visitenkarte und wir verabschiedeten uns.

Samstag 20. April 1945

Die Wallner Hafen-Anlagen wurden heute Mittag bombardiert. Sogar auf der Rusel haben wir die schwarzen Rauchwolken gesehen.

Meine Schwester dreht wieder am Rad. Sie droht mir damit, dass sie mich an die Amerikaner verrät, wegen meiner Vergangenheit und meiner Mitgliedschaft bei der NSDAP! Ich sollte ihr das ihr zustehende Erbe nun endlich auszahlen oder überschreiben.

Otto ist mir keine große Hilfe. Er verschanzt sich immer mehr hinter seinen Büchern. Ich weiß auch nicht, was da passiert. Ottilie verteidigt er vehement. Ich kann mich des Eindrucks nicht verwehren, dass da etwas nicht stimmt. Warum hält er nicht zu mir? Ich kann mit ihm kaum noch reden. Er blockt jede Diskussion ab. Was läuft da?

Zurück im Polizeipräsidium ging ich zuerst bei Frau Unholzer am Empfang vorbei, um zu sehen, ob sie etwas Neues für uns hat.

„Franz" begrüßt sie mich. „Von Frau Doktor Krankl aus Straubing ist gerade der Bericht der Untersuchung der beiden Leichen gekommen. Kann ich dir gleich mitgeben".

Sie reichte mir das große Kuvert und wandte sich wieder ihrem Computer Monitor zu.

Ich machte mich auf den Weg nach oben in unser Büro. Frau Stöcklgruber starrte konzentriert auf ihren Monitor, als ich den Raum betrat.

„Ich habe den Untersuchungsbericht von Frau Doktor Krankl mit dabei. Bin gespannt, was sie noch Neues gefunden hat", sagte ich zu ihr, während ich mein Sakko aufhängte.

Ich öffnete das Kuvert und entnahm den Bericht. Es waren elf Seiten mit Fotos und Text. Ich begann zu lesen und was ich erfuhr, erstaunte mich doch sehr. Was man nach so langer Zeit noch herausfinden konnte! Sie hatte festgestellt, dass die Waffe eine P08 Kaliber 9-mm-Parabellum war. Dies war eine Waffe, die die deutsche Wehrmacht im 2. Weltkrieg verwendete. Die Schüsse wurden aus kurzer Entfernung abgefeuert und waren sofort tödlich. Eine der beiden Patronen fand die KTU in der Wand hinter und eine im Schreibtisch. Damit konnte man auch den Einschusswinkel nachvollziehen. Der oder die Mörderin war hinter den beiden Todesopfern aufrecht gestanden und hatte beide durch einen Kopfschuss ermordet. Das Alter der Todesopfer konnte nur in etwa ermittelt werden. Den Mann schätzt Frau Doktor Krankl auf etwa sechzig bis siebzig, die Frau auf etwa fünfzig bis sechzig. Die Kleidungsstücke, die nach so langer Zeit noch übrig waren, sind ein Ledergürtel, Teile eines Hosenträgers und Lederschuhe, einmal Größe 42 und einmal Größe 37. Sonst war nichts mehr zu identifizieren. Fotos waren mit dabei.

Das passte alles genau zu meiner Vermutung: Otto und Ottilie, die beiden 1945 als vermisst gemeldet. Jetzt müssten wir nur noch wissen, wer der Mörder ist und warum sie umgebracht wurden.

Kurz vor fünf Uhr zog ich mein Sakko an und verabschiedete mich von Frau Stöcklgruber mit dem Hinweis, dass ich noch einen wichtigen Termin hätte. Alles musste sie ja auch nicht wissen....

Ich rief unterwegs noch meine Frau Claudia an und teilte ihr mit, dass ich schon unterwegs zur Donaustrandbar bin.

„Ich bin schon da", meinte sie lachend. „Hab dir auch schon einen Liegestuhl organisiert. Nur deinen Drink musst du dir selber besorgen, aber das schaffst du schon".

Es wurde ein wunderschöner Abend in einer tollen Atmosphäre. Das Leben kann so schön sein…..

TAG 3 Donnerstag 20. September 2018

Ich habe Frau Frommherz, meine Nachbarin, heute früh in der Tiefgarage getroffen. Sie war gerade unterwegs zum Müllhäuschen, als ich um die Ecke bog.

„Ah Franz, schön dich zu sehen", begrüßte sie mich mit einem Lächeln. „Wie geht's? Gibt es was Neues, was ich wissen sollte? Du weißt doch, dass ich so neugierig bin. Aber ich denke, das ist bei uns Frauen normal, oder?" dabei zwinkerte sie mit ihren Augen.

„Ja Christine, da hast du recht. Meine Frau Claudia ist genau dieselbe... Ja, momentan bin ich mit einem Fall beschäftigt, der über siebzig Jahre zurückliegt. So etwas habe ich noch nicht erlebt. Wie soll man denn da ermitteln, wenn es keine Fingerabdrücke oder DNA Spuren gibt?"

„Und um was geht es?" fragte sie interessiert nach.

„Na, es geht um Mord, um zwei Leichen. Wir haben sie beim Abriss des Ruselhotels zufällig gefunden. Aber mehr kann ich dir leider aus kriminaltechnischen Vorschriften nicht verraten. Aber ich glaube, wir sind kurz vor der Lösung. Dann erfährst du es eh aus der Presse und wenn nicht, kannst du mich gerne kontaktieren", erklärte ich und verabschiedete mich freundlich von ihr.

Die Fahrt ins Büro verlief problemlos. Wenig Verkehr. Frau Stöcklgruber war, wie immer, schon vor mir da und ich begrüßte sie recht herzlich. Sie lächelte zurück und meinte: „Franz, heute ist unser Tag. Ich spüre es und mein Bauchgefühl hat mich noch selten getäuscht". Dabei tätschelte sie ihren Bauch.

„Ja Mina, ich hoffe du hast recht. Jetzt warten wir nur auf den Anruf von Frau Hacker. Bis dahin ist Büroarbeit angesagt. Oder hast du etwas anderes zu tun"?

„Na ja, vielleicht sollten wir nochmal Doktor Krenz vorbeischauen. Er hatte doch einige sehr interessante Dinge ausgegraben, die uns das Geschehen von damals etwas näher bringen können. Die Situation damals war ja schon sehr beängstigend und ich denke, wenn uns jemand etwas darüber berichten kann, dann ist es Doktor Krenz. Was hälst du davon"?

„Gute Idee, ich rufe ihn mal an, damit wir nicht umsonst zu ihm fahren".

Ich telefonierte kurz mit Doktor Krenz und meldete unser Kommen an. Er war sehr angetan davon, dass wir ihn noch einmal besuchen wollten. Anscheinend bekommt er nicht so oft Besuch. Ich gab Frau Unholzer noch Bescheid, dass wir die nächste Stunde auswärts unterwegs sind.

Montag 22. April 1945

Ich habe es getan. Die Pistole hatte ich schon seit längerem bereitliegen. Eine Wehrmachtspistole mit eingraviertem Hakenkreuz. Otto hatte sie irgendwann mit nach Hause gebracht. Woher er sie hatte, hat er mir nie erzählt. Hat mich auch nicht interessiert. Dass sie geladen war, hat er mir früher schon einmal erklärt. Ich sollte unbedingt vorsichtig damit umgehen. Aber heute musste es sein. Und es geht mir gut. Ich habe keine Gewissensbisse.

Ich habe Otto und Ottilie beim Sex erwischt. Sie waren in Ottos Arbeitszimmer, ich habe verdächtige Geräusche gehört und mich angeschlichen. Und wirklich: sie trieben es, wie die Tiere. Ottilie auf dem Schreibtisch und Otto hinter ihr. Ich konnte es kaum glauben: mein Otto und meine Schwester!

Jetzt war das Fass voll! Ich schlich zurück, holte mir die Pistole aus der Küche und ging zurück zum Arbeitszimmer, natürlich immer darauf bedacht, dass sie mich nicht hören.

Ich öffnete vorsichtig die Türe. Sie waren beide so beschäftigt, dass sie mich nicht bemerkten. Ich zielte zuerst auf Otto und dann auf Ottilie. Es war ganz schnell vorbei. Die beiden Schüsse waren ganz schön laut und ich musste mich erst mal setzen. Ich hatte es getan und es war gut. Aber was jetzt?

Wir klingeln bei Doktor Krenz. Er öffnet uns mit einem freundlichen Lächeln: „Schön, sie beide wieder zu sehen. Ich hatte nicht damit gerechnet, dass sie mich nochmal besuchen."

Wir traten ein und er bat uns wieder in sein Arbeitszimmer, so wie das letzte Mal.

„Herr Doktor Krenz, haben sie etwas Neues für uns"? begann ich das Gespräch.

„Ja, als wenn sie es geahnt hätten. Ich habe einige neue Informationen über den von ihnen gesuchten Herrn Weinzierl. Ich habe in den Archiven von Schaufling gesucht. Das kann man ja inzwischen alles online erledigen, und da bin ich auf ihren Favoriten gestoßen. Die alten Daten wurden am 1. April 1971 von Urlading zur Gemeinde Schaufling übertragen. Damals noch analog, aber inzwischen alles digitalisiert und auch für Externe einsehbar. Gotthilf Weinzierl ist 1898 geboren. Er war also 1945 siebenundvierzig Jahre alt. Nach den alten Aufzeichnungen, war er seit 1932 bei Frau Schattenloh als Hausmeister angestellt. Verstorben ist er 1962. Geheiratet hat er …", er blätterte in seinen Unterlagen.

„Ah, da hab ichs. Also geheiratet hat er 1934 die Luise Müller aus Bischofsmais und 1935 haben sie einen Sohn bekommen, den Gottlieb Weinzierl. Er ist inzwischen 83 Jahre alt. Auch der Gottlieb hat zwei Kinder, der Sohn kam 1961 und die Tochter 1964 auf die Welt. Beide leben nicht auf der Rusel. Der Sohn ist in München und die Tochter in Rüsselsheim. Beschäftigt war Gottlieb Junior beim Bauhof in Bischofsmais bis zum Rentenalter. Mehr konnte ich nicht eruieren. Aber ich denke, das ist schon ganz informativ für sie, oder?"

Ich hatte mir fleißig Notizen gemacht und mitgeschrieben. War doch sehr interessant, was Doktor Krenz noch ermitteln konnte. Aber hat er auch noch etwas von Frau Doktor Schattenloh erfahren?

Ich fragte ihn deshalb „Herr Doktor Krenz, können sie uns noch etwas Neues von Frau Schattenloh berichten?"

„Ja, Herr Kommissar, auch da konnte ich noch einiges Neues erfahren. Also Frau Schattenloh hatte eine kleine Tochter, die leider nur sieben Jahre alt wurde. Sie starb anscheinend, ich habe den Totenschein gelesen, an Lungen TBC. Das kann auch der Grund dafür sein, dass Frau Schattenloh eine Lungenheilanstalt gebaut hat, um anderen Mitmenschen, die diese Krankheit haben, zu helfen. Ich denke, sie hat das als Lebensaufgabe gesehen. Daher der Kauf des Grundstücks auf der Rusel und der Bau der Lungenheilanstalt. TBC war ja damals weit verbreitet, bedingt durch die schlechte Luft vor allem in den Ballungsgebieten in Deutschland. Schuld daran waren vor allem Kohleheizungen und die zunehmende Industrialisierung. Leidtragende waren damals vor allem die Kinder, so wie bei Frau Schattenloh".

„Ah ja, ich verstehe", nicke ich ihm bejahend zu. „Hat mich ja schon gewundert, dass eine Frau Doktor aus Osnabrück mit ihrem Mann nach Niederbayern auf die Rusel zieht. Jetzt verstehe ich ihren Beweggrund. Vielen Dank für die neuen Informationen. Sie haben uns sehr geholfen. Mal schauen, was uns Herr Weinzierl zu berichten hat".

Wir verabschiedeten uns von Herrn Doktor Krenz, gingen in Richtung unseres Autos und stiegen ein. Ich schaute noch auf mein Handy und stellte fest, dass in der Zwischenzeit ein Anruf eingegangen war. Ich rief umgehend die Nummer zurück. Es meldete sich Frau Hacker, die mir mitteilte, dass die Familie Weinzierl vor einer Viertelstunde wieder eingetroffen ist.

Es war inzwischen kurz vor 11 Uhr und wir vereinbarten, dass wir gleich nach Mittag auf die Rusel zur Familie Weinzierl fahren.

Also fuhren wir zurück ins Präsidium.

„Mina, wie schaut es bei dir aus?" meinte ich in Richtung Frau Stöcklgruber. „Also ich hätte jetzt Appetit. Mein Magen rührt sich schon und verlangt nach etwas Essbarem".

„Franz, wenn du meinst. Ich bin wie immer dabei. Wo gehen wir hin, oder holen wir uns etwas?"

„Heute würde ich dich gerne ins Weißbräu einladen. Kennst du das Wirtshaus? Ich bin ab und zu dort, gute regionale Küche."

„Nein Franz, kenn ich nicht, aber ich lasse mich gerne überraschen. Aber einladen musst du mich nicht. Ich kann meine Zeche schon selber bezahlen."

„Nein, Mina, heute bist du mein Gast. Und keine Widerrede!"

„Na dann gebe ich mich geschlagen", meinte sie und zwinkerte mir zu.

Wir parkten in der Bräugasse. Das Wirtshaus war gut besucht, aber wir fanden noch einen Platz für uns Beide am Fenster. Am Tisch saßen noch vier weitere Männer, alle in Handwerkerkleidung, und wir fragten sie, ob wir uns zu ihnen setzen dürften.

„Na klar, hockts eich her", meinte einer von ihnen. Wir nahmen Platz und schon kam die freundliche Bedienung und brachte uns die Speisekarten.

„Wissts scho, wos zum Dringa woits?" fragte sie uns in derben Niederbayrisch.

Wir bestellten die Getränke und schauten uns die Speisekarte an. ich wusste aber bereits vorab, was ich zum Essen wollte: ein saures Lüngerl mit Semmelknödl! Eine Spezialität im Weißbräu und sehr selten zu bekommen. Und ich liebte Lüngerl. Daher war auch die Wahl des Wirtshauses auch nicht zufällig ….

Frau Stöcklgruber bestellte sich einen Salat mit Putenstreifen. Na ja, mit Lüngerl hatte sie es nicht so.

Es war ziemlich laut im Wirtszimmer und so musste ich doch etwas lauter reden, damit Mina mich auch verstehen konnte.

„Mina, war schon interessant, was uns Doktor Krenz zu berichten hatte. Jetzt kann ich mich doch besser in die Situation von damals versetzen, warum Frau Schattenloh sich auf der Rusel eingekauft hat und dann die Lungenheilanstalt eröffnete".

Dienstag 23. April 1945

Ich habe meinen Hausmeister, Gotthilf, meinen Helfer in allen Lagen, mit eingeweiht. Er ist mir total ergeben. Natürlich war er auch erschrocken und konnte es nicht glauben. Seine so be-

wunderte Chefin ist eine Mörderin! Aber ich weiß, dass er es versteht. Ich habe es ihm ausführlich erklärt.

Also haben wir überlegt, was wir machen. Er hatte die Idee, dass wir die beiden einmauern, den Ofen ausbauen und das Zimmer einfach verkleinern. Der Auslass, wo das Ofenrohr in die Wand geht, sollte zur Abluft aus dem Raum genügen .... gesagt, getan. Gotthilf mauerte die beiden Untreuen ein. Es sah wirklich gut aus. Der Raum wurde dadurch zwar deutlich kleiner, aber wenn man es vorher nicht gesehen hat, sollte man es nicht bemerken.

Nach dem Essen machten wir uns auf in Richtung Rusel. Meine Stimmung war euphorisch: ein tolles Essen und die Aussicht, doch noch Licht in das Dunkel unserer Ermittlungen zu bekommen.

Ich parkte das Auto unterhalb der Familie Weinzierl. Wir stiegen aus und gingen aber zunächst zur Familie Hacker. Ich wollte mich noch für ihre Hilfe bedanken. Frau Hacker musste uns gesehen haben, denn sie öffnete schon die Haustüre bevor ich klopfen konnte.

Wir begrüßten uns und ich bedankte mich für die Unterstützung und Hilfe.

„Herr Kommissar, ich muss ihnen noch etwas sagen und sie warnen", meinte sie in einem verschwörerischen Ton. „Kommen sie erst mal rein".

Wir folgten ihr gingen durch einen langen, dunklen Gang in das Wohnzimmer. Wir setzten uns auf die Couch und Frau Hacker setzte sich uns gegenüber auf den bereitstehenden Sessel.

„Jetzt bin ich aber gespannt, was sie uns zu sagen haben", begann ich.

„Herr Kommissar, ich muss sie unbedingt warnen. Frau Weinzierl ist seit einigen Jahren schon etwas dement und irgendwie aggressiv".

„Wie meinen sie, aggressiv?" bemerkte Frau Stöcklgruber.

„Sie sieht immer wieder irgendwelche Geister, die sie bekämpfen muss. Sie nennt sie Teufeln und die greifen sie körperlich an."

„Und wie bekämpft sie diese 'Teufel'?" wollte Frau Stöcklgruber noch genauer wissen.

„Na ja, sie schimpft und schreit sie an und macht so Handbewegungen wie man sie bei Karatekämpfern sieht".

„Und was passiert dann? Ist sie dann auch zu beruhigen"? wollte ich noch von ihr wissen.

„Der einzige, der sie wirklich beruhigen kann, ist ihr Mann Gottlieb. Irgendwie kommt es mir vor, als ob sie nicht ganz richtig im Kopf wäre. Aber das werden sie ja selber sehen. Ich wollte sie nur vorwarnen".

„Vielen Dank, Frau Hacker" erwiderte ich. „Da bin ich wirklich gespannt, was uns erwartet".

Wir verabschiedeten uns und gingen in Richtung des Hauses der Familie Weinzierl.

Freitag 26. April 1945

Heute sind die Amerikaner bei uns angekommen. Ich hatte weiße Lacken in die Fenster gehängt. Es gab deshalb keine Schießereien. Alles war friedlich abgelaufen. Natürlich haben sie mich vernommen, auf Englisch. Aber es ging ganz gut. Ich war total ruhig. Sie möchten mein Sanatorium für Verletzte und Kranke verwenden. Ich habe nichts dagegen, denn dann darf ich sicher bleiben, als Ärztin und Eigentümerin des Gebäudes. Mein lieber Gotthilf wurde auch vernommen. Aber ich kann ihm zu 100 Prozent vertrauen. Das weiß ich.

Ich klingelte, so wie beim letzten Mal. Aber diesmal wurde die Türe geöffnet und ein älterer Mann, ich wusste ja, dass dies Herr Weinzierl sein musste, öffnete mit einem quietschenden Geräusch die Türe. Er hatte einen grauen Haarkranz und buschige Augenbrauen. Seine Hose hatte auch schon bessere Tage erlebt. Die listigen Augen blickten mich erwartungsvoll an.

„Ja bitte" begrüßte er uns.

Wir stellten uns beide vor und er bat uns, einzutreten.

Wir folgten ihm in einen dunklen Vorraum, in dem die Luft sehr abgestanden und unangenehm roch. Herr Weinzierl öffnete die nächste Türe und wir betraten einen größeren, düsteren Raum. Die Vorhänge waren zugezogen und es brannte eine Deckenleuchte, allerdings waren von dieser von den sechs Glühbirnen nur eine in Betrieb.

„Luise", rief Herr Weinzierl in Richtung, ich vermutete die Küche.

Frau Weinzierl erschien im Durchgang. Sie hatte eine gefleckte Schürze und ein Kopftuch an. Ihr faltiges Gesicht erzählte von ihrem Leben.

So schnell konnten wir gar nicht reagieren, wie sie sich in meine Richtung bewegte.

Sie schrie: „Ihr Oberhuber Teifeln. Weg mit euch". Mit karateähnlichen Schlägen versuchte sie, die für uns nicht sichtbaren Teifeln zu vertreiben.

„Jetzt habe ich dich. Ah.. schon wieder einen". Damit schlug sie auf meine Schulter und anscheinend hatte sie einen erlegt. Ich versuchte mich zu wehren und hielt die Hände vor meinen Kopf.

Ihre Augen und ihr Blick waren total irr und aggressiv. Gott sei Dank kam jetzt Herr Weinzierl und nahm sie schützend in seine Arme.

„Luise, mein Schatz", versuchte er sie zu beruhigen. „De Teifen sind wieda weg. Das hast super gmacht. Du kannst dich beruhigen. Komm und setz de zu uns an Tisch".

Frau Weinzierl schluchzte noch ein paarmal und atmete tief aus.

Und wirklich, es funktionierte. Sie setzte sich an den großen Tisch auf die Holzbank an der Wand. Herr Weinzierl forderte uns auf, uns auch zu setzen.

Natürlich wollte ich von ihm wissen, was es mit den Oberhuber Teufeln auf sich hat.

Na ja, " meinte er „Herr Oberhuber ist der Präsident des Golfclubs. Er war vor Jahren öfters bei uns, da es um den Ausbau des Golfclubs ging und wir ein Grundstück hatten, das er für die Erweiterung benötigte. Und da passierte es. Meine Luise hatte das Gefühl, dass im Zimmer Teufeln rumschwirrten. Teufeln, die von Herrn Oberhuber ausgingen. Irgendwie, hatte er eine negative Ausstrahlung auf meine Luise. Aber ich weiß nicht, warum. Wir hatten uns, nach längeren Gesprächen. auf eine Verpachtung des Grundstücks an den Golfclub geeinigt. Das war für uns natürlich eine super Lösung, denn der Grund hatte in der Vergangenheit eigentlich nichts eingebracht und war auch nichts wert. Und jetzt hatten wir eine jährliche Pachteinnahme und die tat uns wirklich gut. Aber Luise hatte ihre Oberhuber Teifen und ihre Anfälle. Ich kann sie ihr auch nicht ausreden. Und so lasse ich sie und beruhige sie anschließend. Ich kann damit leben. Und jetzt verwechselt sie ihre Person mit dem Herrn Oberhuber. Sehen tut sie nämlich auch schon schlecht und bei der Beleuchtung kann das schon passieren…..Aber was führt sie zu uns? Wie können wir ihnen helfen?"

Ich berichtete ihm von unseren Ermittlungen, von den beiden Toten im Ruselhotel, von Doktor Krenz, seinen Informationen und von seinem Vater und den Zusammenhang mit Frau Doktor Schattenloh.

„Können sie uns noch etwas aus dieser Zeit berichten? Er war ja damals der Hausmeister von Frau Schattenloh. Hat ihnen ihr Vater etwas erzählt?" wollte ich von ihm wissen.

„Wenig", meinte er. „Ich weiß schon. dass er eine Art Hausmeister für die Frau Schattenloh war. Aber er hat mir, ein paar Tage, bevor er starb, er war ja schon länger schwer krank, Lungenkrebs, ein Holzkästchen gegeben und mir gesagt ´wenn mal irgendwann jemand kommt und von zwei Leichen im Hotel berichtet, dann gibst du ihm das Kästchen. Und es kommt bestimmt jemand`. Und jetzt sind sie da und ich denke, sie sind der Richtige für das letzte, was ich von meinem Vater bekam bevor er von uns ging".

Er stand auf und beugte sich zu seiner Frau „Luiserl, wo hast denn die Glühbirnen für unseren Leuchter? Ich denke, wir brauchen jetzt mehr Licht".

Damit hatte er sicher recht, denn bei der schummrigen Beleuchtung konnte man kaum etwas erkennen.

„Gottlieb", erwiderte sie mit sehr leiser Stimme „in der linken Schublade im Schrank habe ich sie deponiert. Aber pass auf, dass das ned kaputt machst".

Er holte drei Lämpchen aus der Schublade und kletterte zunächst auf die Holzbank und von da aus auf den Tisch. Mühsam schraubte er eine nach der anderen Birne in den Kronleuchter.

„Ja, jetzt sieht man doch erheblich besser, oder nicht?" meinte er in meine Richtung.

Und wirklich, ich musste ihm recht geben. Der Raum wirkte mit einmal richtig groß. Und die Weinzierls erschienen in einem ganz neuen Licht. Was sich aber nicht unbedingt positiv auswirkte. Die Schürze von Frau Weinzierl war bestimmt seit Wochen nicht mehr gewaschen worden und Herr Weinzierl stand ihr mit seiner braunen Cordhose in nichts nach.

Nachdem Herr Weinzierl wieder vorsichtig und umständlich vom Tisch herunter geklettert war wandte er sich nochmal an seine Frau: „Luiserl, kannst du mir mal deine Brille leihen? Ich muss doch auch noch den Schlüssel für das Kasterl suchen".

Sie kramte in ihrer Schürze und forderte ein Objekt hervor, das sicher irgendwann einmal eine Brille war. Herr Weinzierl setzte sie sich umständlich auf und bat seine Frau und mich, doch kurz aufzustehen, damit er den Deckel der Holzbank öffnen könnte.

Wir kamen seiner Bitte sofort nach und er klappte den Deckel auf. Ich schaute ihm über seine Schultern und erkannte Fotoalben, verschiedene vergilbte Schreiben und ein dunkelbraunes Kästchen. Das musste es sein.

Er nahm es triumphierend heraus, legte es auf den Tisch und klappte den Deckel der Bank wieder zu.

„Jetzt brauchen wir nur noch den Schlüssel zum Aufsperren. Aber ich weiß schon, wo der ist. Ich habe ja immer sehr darauf aufgepasst. Luise, in deinem Schmuckkasterl war er immer bestens aufgehoben. Ich hole ihn schnell."

Damit verließ er uns, kam aber nach kurzer Zeit wieder zurück und präsentierte uns stolz den Schlüssel.

„Jetzt bin ich aber wirklich gespannt, was uns ihr Vater hier hinterlassen hat", sagte ich zu ihm.

Wir gruppierten uns um den Tisch, um noch besser sehen zu können, was so geheimnisvolles sich im Kästchen befand.

Er hielt das Kästchen hoch, um das Schlüsselloch zu finden. Der Schlüssel passte wunderbar. Mit einem leichten Quietschen öffnete er die braune Schatulle.

Wir staunten nicht schlecht, als wir einen Revolver, der in ein dunkelgrünes Tuch eingewickelt war und ein schwarzes Notizbuch erkennen konnten.

„Na", meinte Frau Stöcklgruber „das ist ja eine Überraschung. Ein Revolver und ein Notizbuch. Da bin ich ja gespannt, was uns das alles zu sagen hat".

Ich nahm das Kästchen von Herrn Weinzierl entgegen und legte es sachte auf den Tisch. Mit spitzen Fingern befreite ich den Revolver von seiner Ummantelung. Ich konnte feststellen, dass es ein alter Wehrmachtsrevolver war, denn er hatte das Hakenkreuz an der Seite eingraviert.

Wir machten alle große Augen, denn mit so etwas hatten wir nicht gerechnet. Aber jetzt wollte ich doch mal wissen, was es mit dem Notizbuch auf sich hatte,

Ich blätterte die ersten Seiten auf. Der Text war in alter, deutscher Schrift verfasst, so wie früher, etwa vor achtzig Jahren geschrieben wurde. Es sah sehr schön aus. Wann sieht am heutzutage noch handschriftlich verfasste Schreiben? Da ist so ein fast gemalter Text schon etwas Besonderes. Aber entziffern oder den Inhalt zu lesen, das ist für mich kaum möglich. Auch Frau Stöcklgruber konnte mir da nicht weiterhelfen.

„Herr oder Frau Weinzierl, können sie die alte Schrift lesen?" wollte ich von ihnen wissen.

„Na ja", meinte Herr Weinzierl. „Ist zwar schon lange her, dass ich das noch fließend lesen konnte. Aber ich denke, dass ich zumindest ein paar Brocken noch zusammensetzen kann. Zeigen sie mal her".

Ich gab ihm das Büchlein.

Bedeutungsvoll rückte er seine alte Brille zurecht.

„Ja", meinte er „das ist wirklich eine alte Handschrift. Wir haben das ja noch in der Knabenschule gelernt. Aber vorher muss ich doch noch die Brille kurz putzen".

Und das war es wirklich wert.

„Luiserl, holst du mir bitte noch ein Geschirrtuch aus da Kuchl?" meinte er in einem zärtlichen Ton an seine Frau gewandt.

Sie stand auch sofort auf und holte ihm den gewünschten Gegenstand. Das Geschirrtuch hatte auch schon seine besten Tage hinter sich, aber Herr Weinzierl zeigte sich sehr zufrieden mit dem Resultat.

Er setzte die Brille umständlich wieder auf und begann langsam und zögerlich zu lesen:

„Mein Name ist Dr. Elisabeth Schmidt, geborene Schattenloh. Ich bin 46 Jahre alt, bin verheiratet und habe …. ich hatte, eine Tochter. Ich bin Ärztin für Geburtskunde. Ich muss und ich will den Personen, die diese Büchlein, mein Tagebuch, irgendwann zu Gesicht bekommen, erzählen und berichten, was in den letzten Kriegstagen passiert ist und warum …. Aber dazu später. Zunächst möchte ich erläutern, wie ich und meine Familie hier auf der Rusel gelandet sind".

„Wow", entfuhr es Frau Stöcklgruber „das scheint das Geständnis von Frau Doktor Schattenloh zu sein. Das ist ja unglaublich! Und dazu die vermutliche Tatwaffe! Die KTU kann sicher feststellen, ob die tödlichen Schüsse von damals aus dieser Waffe abgegeben wurden. Und damit wäre dieser uralte Fall doch noch gelöst worden. Was für ein Erfolg!"

Ich pflichtete ihr begeistert bei. Wir bedankten uns recht herzlich bei Familie Weinzierl, ich legte den Revolver, sowie das Tagebuch zurück in das kleine Holzkästchen und klemmte es mir unter den Arm.

Wir verabschiedeten uns von Herrn Weinzierl, der uns hinaus begleitete.

Er meinte noch: „Bitte entschuldigen sie meine Frau. Aber manchmal ist sie nicht mehr sie selber. Ich weiß, dass sie krank ist und Hilfe bräuchte. Aber solange ich sie immer wieder aus ihrer verrückten Welt zurückholen kann, möchte ich, dass sie bei mir bleibt. Ich habe ja sonst niemanden."

„ Nein, nein, Herr Weinzierl, das ist doch absolut verständlich. Und außerdem ist doch nichts passiert. Sie haben uns auf jeden Fall sehr geholfen. Ich denke, dass wir den Fall jetzt abschließen können. Ohne ihre Hilfe wäre das sicher nicht möglich gewesen. Ihr Vater hat entscheidend mit dazu beigetragen. Wo ist er denn beerdigt?"

„In Schaufling", gab er zur Antwort. „Warum wollen sie das denn wissen?"

„Ich möchte ihm dafür danken, dass er zur Aufklärung des Falls beigetragen hat, **entscheidend** beigetragen hat und würde ihm gerne zumindest eine Kerze als Dank dafür an seinem Grab anzünden."

„Das ist aber nett von ihnen, Herr Kommissar", erwiderte er mit einem schelmischen Grinsen „da freut er sich bestimmt. Und jetzt kann er auch beruhigt weiter auf seiner Wolke dahinschweben".

„Übrigens", erklärte ich ihm „habe ich in meinem Bekanntenkreis jemand, der, so vermute ich stark, ihrer Frau die Teufeln austreiben könnte. Er hat das schon einmal gemacht und es hat super funktioniert. Er kommt zu ihnen ins Haus und macht mit Sprüchen und natürlich mit Weihrauch und allem was dazugehört eine Teufelsaustreibung. Wenn sie wollen, komme ich mit ihm zusammen zu ihnen und wir befreien ihre Frau von ihren Ängsten und Visionen".

„Herr Kommissar", erwiderte er total begeistert „das wäre … das wäre … ," er fing sich gar nicht mehr „das wäre natürlich super nett. Das würde uns beiden unser Leben wieder erträglicher machen, wenn das funktioniert".

„Ja dann, Herr Weinzierl, ich melde mich bei ihnen und dann machen wir einen Termin aus. Aber wir kommen. Versprochen."

Wir verabschiedeten uns nochmal und gingen in Richtung unseres Autos.

Herr Weinzierl winkte uns zum Abschied noch zu.

Ich hatte schon lange nicht mehr so einen glücklichen Gesichtsausdruck gesehen wie jetzt bei ihm.

„Franz", begann Frau Stöcklgruber „ich wusste ja gar nicht, dass du spirituelle Fähigkeiten besitzt. Das hast du mir noch gar nicht erzählt. Sonst erzählst du mir doch immer alles."

„Ja Mina, es gibt auch noch Geheimnisse, die jeder so hat, oder?"

„Stimmt", bestätigte sie mich „aber wenn du die Teufelsaustreibung machst, möchte ich unbedingt mit dabei sein".

„Alles klar. Natürlich nehme ich dich mit, wenn du willst."

„Übrigens, liebe Mina „hättest du gedacht, oder in deinen kühnsten Träumen damit gerechnet, dass wir den Fall überhaupt noch lösen würden, nach so langer Zeit?"

„Nein Franz, ich hatte den Fall eigentlich schon abgeschrieben. Wie sollte man nach so langer Zeit, ohne DNA, ohne deutliche Spuren, ohne lebende Personen, die noch etwas dazu sagen könnten, den Mörder denn noch ermitteln und überführen können? Aber, wir haben einfach Glück gehabt, oder etwa nicht?"

„Ja, du hast wie immer Recht, liebe Mina. Aber da fällt mir, weil du gerade Glück erwähnt hast, eine Geschichte ein, oder habe ich dir die schon mal erzählt, wie ich in einer Quizzsendung, live im Fernsehen, als Zuschauer gesessen bin, nichtsahnend und mich der Quizzmaster dann auf die Bühne geholt hat"?

„Ja Franz, die Geschichte hast du mir schon erzählt. Du hast doch dann den Quizzmaster total verunsichert, weil er so schöne Haare hatte und du hast auf seine Frage, was denn Glück für dich wäre, gesagt: ´Glück ist für mich, wenn man so schöne Haare hat wie sie`. Aber jeder konnte feststellen, dass die Haare nicht echt waren, sondern nur eine blonde Perücke. Der Quizzmaster wurde total rot, das Publikum johlte und applaudierte und du warst schnell wieder zurück auf deinem Platz. Soviel zu dem Thema Glück."

Ich musste lauthals lachen, denn das war damals schon der absolute Wahnsinn. Ich im Fernsehen und dann diese Reaktion. Aber mein Lebensweg führte mich nicht zum Fernsehen, sondern zur Polizei. Und das war und ist gut so.

Nachdem die KTU festgestellt hatte, dass die Munition vom Tatort mit dem Wehrmachtsrevolver abgefeuert worden war, im Tagebuch der Frau Doktor Schattenloh der Tathergang von ihr genau beschrieben worden ist, war die Täterin eindeutig und zweifelsfrei identifiziert. Ein Puzzleteilchen fiel in das nächste und so konnte der Fall abschließend noch ad acta gelegt werden.

Was für ein Fall. Nach so langer Zeit doch noch gelöst. Frau Stöcklgruber und ich konnten mächtig stolz darauf sein. Aber ein bisschen Glück und schöne Haare braucht man schon …….

Epilog:

Natürlich sind sämtliche vorkommenden Personen von mir frei erfunden. Real sind nur die Orte und Namen der Straßen sowie die besuchten Gast- und Wirtshäuser.

Übrigens, die Sache mit den Teufeln gab es wirklich und über die später durchgeführte Teufelsaustreibung gibt es sogar einen realen Videomitschnitt. Die Austreibung wird im vierten Teil der Breslmaier Krimiserie mit dem Titel: Greisinger Weiher vollzogen.

Bei den Ereignissen aus den Kriegsjahren, waren mir folgende Personen, Unterlagen und Berichte sehr hilfreich und dafür möchte ich mich sehr herzlich bedanken:

Professor Dr. Lutz-Dieter Behrendt: Stadtarchivar, Deggendorf 1945

Deggendorfer Geschichtsverein:

Heft 31, 2009, Andreas Schröck: 100 Jahre Heilstätte Hausstein

Heft 18, 1997, Johannes Molitor: das Ende des zweiten Weltkriegs im Landkreis Deggendorf

Wikipedia, Geschichte der Rusel

Außerdem möchte ich mich bei folgenden Personen bedanken, die mich immer unterstützt haben und mir beste Ideen mitgaben, um das Buch zu einem gelungenen Ende zu führen:

meiner Frau Jacqueline,

meiner Nachbarin Christine,

meinem Musikerfreund Karl,

meinen Golffreunden Hans und Sigi und vielen mehr.

Vielen Dank fürs Lesen und freuen wir uns auf hoffentlich noch viele Ermittlungen, Erlebnisse und Geschichten von unserem Hauptkommissar Franz Breslmaier und seiner Kollegin Philomena Stöcklgruber.

Greisinger Weiher

ein Franz Breslmaier Krimi

sein vierter Fall

Greisinger Weiher

Tag 1, Montag 20. Mai 2019

Sieben Uhr morgens. Ich hatte es mir kaum auf meinen Bürostuhl bequem gemacht, als auch schon das Festnetztelefon nervig klingelte. Frau Stöcklgruber saß mir gegenüber und sah von ihrem Monitor auf.

„Du oder ich?" meinte sie.

„Ja, ich nehm schon" kam ich ihr zuvor.

„Breslmaier, Frau Unholzer, was liegt an?"

„Herr Kommissar, es gibt wahrscheinlich eine Leich! Sie sand g´fragt. Kennen sie den Greisinger Weiher? Dort hat jemand einen Gegenstand, vermutlich eine Leiche, im Wasser treiben gesehen. Er, also nicht die Leiche, sondern der Finder wartet auf sie. Ich denke, sie sollten gleich loslegen. Soll ich sonst noch jemand Bescheid geben?"

„Nein, Frau Unholzer, ich bin schon unterwegs. Frau Stöcklgruber ist mit dabei. Wir machen das schon. Ich melde mich, wenn ich mehr weiß".

Damit legte ich den Hörer auf und wandte mich an Frau Stöcklgruber: „Mina, auf geht's, wir fahren zum Greisinger Weiher. Jemand hat dort etwas im Wasser treiben gesehen und es schaut nach einer Leiche aus. Kennst du den Greisinger Weiher?" wollte ich von ihr noch wissen.

Ich stand auf und schnappte mir mein Jackett.

Auch Frau Stöcklgruber stand auf und meinte: „Natürlich kenne ich den Greisinger Weiher. Ich bin dort öfters im Sommer zum Baden. Ist ein sehr idyllischer Waldweiher. Sehr schön gelegen, einsam aber auch sehr kalt!"

Sie zog ihr Sakko an und folgte mir in Richtung Auto. Wir fuhren die Ruselstraße hoch und bogen nach der langen Gerade, die die ortskundigen Glasschleife nennen, links ab in Richtung Greising. Nach etwa 100 Metern lag rechter Hand der Greisinger Weiher. Da es noch sehr früh am Tag war, lag der See noch total im Schatten und das Wasser sah nicht gerade einladend aus.

Ich parkte das Auto und wir stiegen aus. Hier her oben war es doch etwas kühler als in der Stadt. Ich knöpfte mein Sakko zu und wir gingen zu dem Herrn, der am Straßenrand auf uns wartete. Wir stellten uns vor und fragten ihn zunächst nach Namen und Adresse.

Er hieß Hans Mader, war Anfang 50, kurze, schwarze Haare, etwas untersetzt, einfach gekleidet und er war mit seinem Dackel unterwegs, wie er uns mitteilte, jeden Tag die gleiche Runde. Er wohnte oberhalb des Weihers. Er erzählte uns, was er gesehen hatte und ging mit uns zu der Stelle, wo er das im Weiher treibende Objekt entdeckt hatte. Und wirklich, da schwamm etwas im Wasser, etwa 30 Meter vom Ufer entfernt. Sehr undeutlich, aber es könnte sich wirklich um eine Leiche handeln. Doch das war natürlich jetzt ein Problem: wie soll man das im See treibende Objekt bergen? Wie es an Land holen? Dafür benötigen wir auf jeden Fall ein Boot. Doch woher nehmen?

„Herr Mader", wollte ich von ihm wissen. „Haben sie eine Idee, wo wir auf die Schnelle ein Boot organisieren können? Denn zum Schwimmen ist es zu weit und mir zu kalt."

„Ja Herr Kommissar", er kratzte sich an der Nase „die Feuerwehr Greising hat ein Rettungsboot. Warum auch immer die ein Boot haben. Aber ich fahre fast jeden Tag an ihrem Feuerwehrhaus vorbei und da sehe ich jedes Mal das Boot. Es ist zwar aufgebockt und abgedeckt, aber ich weiß ja, was drunter ist."

„Herr Mader", sagte ich „das klingt doch super. Ich werde versuchen, dass wir schnellstmöglich das Boot vor Ort haben. Ich rufe unsere Zentrale an und die sollen das organisieren."

Ich rief umgehend bei Frau Unholzer an und erklärte ihr die Situation. Sie wollte sich sofort darum kümmern.

Es dauerte auch keine Viertelstunde, bis ich ein Martinshorn hören konnte, das sich uns näherte. Und da waren sie auch schon: die Feuerwehr von Greising in einem roten Mannschaftswagen und an der Anhängerkupplung hing ein kleines, dunkelbraunes, abgedecktes Boot.

Das Martinshorn wurde ausgeschaltet und es stiegen zwei uniformierte Personen aus, die uns herzlich begrüßten. Wir erklärten ihnen die Situation und sie koppelten daraufhin das Boot ab und trugen es in Richtung Wasser.

Es war ein kleines Ruderboot, aber für den Einsatz für den wir es brauchten, voll ausreichend.

„Sehen sie den Gegenstand dort"? wollte ich von ihnen wissen und deutete in die Richtung, wo ich die vermeintliche Leiche gesehen hatte.

„Ja, sehe ich", erwiderte der ältere Feuerwehrmann.

„Hans, komm" forderte er seinen Kollegen auf „wir rudern mal in die Richtung. Mal schauen, was uns dort erwartet".

Sie packten das Boot links und rechts und ließen das Boot zu Wasser. Zuerst kletterte der Ältere an Bord und dann folgte der Jüngere. Sie stießen sich vom Ufer ab und er Jüngere übernahm die beiden Paddel. Schnell waren sie an der Stelle, wo wir die Leiche vermuteten.

„Ja, sie haben recht gehabt, es ist wirklich eine Leiche" rief uns der jüngere Feuerwehrmann laut zu. „Wir versuchen sie rauszubringen".

Es war nicht einfach, wie wir vom Ufer aus sehen konnten, da das kleine Boot ganz schön schaukelte und einer von beiden musste immer wieder mit seinem Körper ausgleichen, damit das Boot nicht kippte. Doch nach einiger Zeit konnten wir erkennen, dass es ihnen geglückt war und so ruderten sie wieder in unsere Richtung zurück.

Irgendwie waren sie total geknickt und von der Rolle. Aber man sieht eben nicht jeden Tag eine Leiche und das war für die Beiden sicher der Fall.

Sie legten am Ufer an und ich nahm ein Ruder, um das Boot festzuhalten.

„Nein das kann nicht sein", meinte der Ältere der Feuerwehrmänner. „Ich kann`s nicht glauben. Warum der Franz. Warum gerade er?" Er war total bleich und zitterte richtig. Was war denn da los? Im Boot hatten sie, soweit ich das erkennen konnte, eine männliche Leiche, die anscheinend noch nicht lange im Wasser gelegen hatte.

„Was ist denn mit ihnen?" wollte ich von ihm wissen.

„ Kennen sie den Toten?"

„Ja, natürlich", stammelte er „das ist der Franz, der Schnarrer Franz, unser Feuerwehrkommandant….. Ich kann nicht mehr. Ich muss mich erst mal setzen."

Er setze sich in das noch nasse Grass und schüttelte den Kopf. Sein Kollege stand immer noch im Boot und versuchte, die Leiche irgendwie an Land zu bringen. Auch er war bleich und atmete schwer.

Ich legte das Ruder zur Seite und packte den Toten an den Beinen und zusammen versuchten wir, die Leiche an Land zu ziehen. Aber es ging nicht, er war zu schwer, bedingt auch, dass er noch in voller Kleidung war und diese mit Wasser vollgesogen war. Also bat ich Herrn Mader uns zu helfen.

Auch Herr Mader war bleich im Gesicht. Ich hoffte nur, dass er sich nicht übergeben würde. Aber er packte fest mit an und endlich gelang es uns mit vereinten Kräften, den Toten vom Boot auf das Ufer zu bugsieren.

Erschöpft, aber erleichtert, mussten wir erst mal wieder durch schnaufen. Wir waren alle drei total aus der Puste.

„Franz", machte sich Frau Stöcklgruber bemerkbar. „Ich rufe Frau Unholzer in der Zentrale an, dass sie die Spusi aus Straubing alarmiert. Ich denke, es wäre auch von großem Vorteil, wenn die Gerichtsmedizinern, Frau Doktor Krankl, mit dabei wäre. Was hälst du davon"?

„Absolut", meinte ich immer noch etwas kurzatmig. „Das wäre perfekt. Denn wir wissen ja noch nichts von der Todesursache. Das wäre für uns natürlich sehr wichtig".

Frau Stöcklgruber nickte kurz und schnappte sich ihr Handy. Sie gab Frau Unholzer in der Zentrale kurz die momentane Lage durch und bat sie, Frau Doktor Krankl und die Spusi zu alarmieren. Wir würden vor Ort auf sie warten.

In der Zwischenzeit schaute ich mir die Leiche etwas genauer an. Herr Schnarrer war circa 40 bis 50 Jahre alt, korpulent aber nicht sehr groß. Ich schätzte ihn auf etwa 1,60 Meter. Volles, dunkles Haar und einen kleinen Schnauzer. Ich drehte seinen Kopf auf die Seite und konnte auf der hinteren Seite eine klaffende Wunde entdecken. Das war ja interessant. ´Bin gespannt, was Frau Doktor Krankl dazu zu sagen hat`. Er hatte eine blaue Jeans und ein braunes Sakko an. Ich durchsuchte noch seine Taschen, aber außer einem Geldbeutel und feuchten Tempotaschentüchern, war nichts zu finden. Ich schaute noch in seinen Geldbeutel und wirklich, der Ausweis, zwar nass und etwas verwischt, wies ihn als Franz Schnarrer aus.

„Der Herr Kommissar Breslmaier", konnte ich eine mir bekannte weibliche Stimme hören. Ich drehte mich um und begrüßte erfreut Frau Doktor Krankl.

„Ah, Frau Doktor Krankl! Schön, dass sie so schnell kommen konnten". Ich schüttelte ihre Hand und informierte sie über die momentane Situation. Sie instruierte die sie begleitenden Männer und begann anschließend mit der Untersuchung der Leiche. Außerdem machte sie Fotos von Herrn Schnarrer und der Umgebung. Die Männer der Spusi in ihren weißen Anzügen hatten sich aufgeteilt und suchten das Ufer des Sees ab, um etwaige vorhandene Details zu finden.

Jetzt waren wir eigentlich überflüssig und so konnten wir uns auf unsere nächsten Aufgaben konzentrieren. Aber vorher wollte ich noch ein wichtiges Telefonat führen.

Ich rief Herrn Gottlieb Weinzierl an. Herr Weinzierl hatte uns beim letzten Fall, beim Fund der beiden Leichen im Ruselhotel, sehr geholfen und sehr zur Lösung des Falls beigetragen. Seine Nummer hatte ich ja von früher noch gespeichert. Natürlich eine Festnetznummer, aber immerhin.

Nach mehrmaligen klingeln meldete sich eine mir bekannte Stimme: „ Weinzierl, ja bitte?"

„Herr Weinzierl. ich bin's, Kommissar Breslmaier von der Deggendorfer Mordkommission. Sie erinnern sich doch sicher an mich. Ich war vor einiger Zeit bei Ihnen wegen dem Fall mit Frau Doktor Schattenloh. Und ich hatte ihnen versprochen, dass ich ihnen helfe, die Teufeln ihrer Frau auszutreiben. Erinnern sie sich?"

Es entstand eine kurze Pause. „ …. Ja, jetzt wo sie es sagen. Na klar. Das ist aber nett, dass sie sich an uns erinnern und mir, oder uns, helfen wollen. Wann soll denn die Austreibung stattfinden, wann woins denn kemma?" wollte er von mir sichtlich erfreut wissen.

„Heute, am späten Nachmittag, wäre für uns ideal. Es kommen Frau Stöcklgruber und Herr Kammerer mit und wir sind so gegen 5 Uhr bei ihnen. Passt das?"

„Ja, passt perfekt. Da kann ich ja noch meinen Mittagsschlaf machen."

Ich verabschiedete mich von ihm und wandte mich an Frau Stöcklgruber: „Mina, heute später Nachmittag gegen 5 Uhr. Teufelsaustreibung bei Frau Weinzierl. Du wolltest ja unbedingt mit dabei sein, wenn wir, Herr Kammerer und ich, die Oberhuber Teifen vertreiben. Stimmt doch, oder? Bist du noch dabei?"

„Ja natürlich, Franz, die Gelegenheit lasse ich mir nicht entgehen. Nimmst du mich mit"?

„Gerne, wir fahren nach der Arbeit noch bei Herrn Kammerer vorbei. Ich muss ihn nur noch kurz informieren".

Herr Kammerer, der Toni, war ein Stammtischkollege von mir. Er war Augenarzt in Deggendorf und immer zu einem Spaß zu haben. Er hatte, so hatte er mir erzählt, auch schon die nötigen Utensilien besorgt, die er für die Teufelsaustreibung benötigen würde. Ich hatte keine Ahnung, was er dazu alles brauchen würde. Aber auf ihn war absolut verlass.

Also rief ich ihn kurz an und teilte ihm mit, wann wir ihn abholen würden.

„Aber bitte pünktlich", meinte er noch sehr bestimmend. Warum auch immer. Aber ich versprach ihm, auf die Minute da zu sein.

Jetzt war es Zeit für uns, Frau Schnarrer, die Frau des Kommandanten, aufzusuchen. Wir mussten ihr die traurige Nachricht vom Tod ihres Mannes überbringen, bevor sie es von anderer Seite erfahren würde. Ich fragte den älteren Feuerwehrmann nach der Adresse der Familie Schnarrer. Er nannte uns die Straße und Hausnummer in Greising. Ich wollte von ihm noch seinen und den Namen des Begleiters wissen, was ich mir in mein Notizbüchlein notierte.

Ich gab die Adresse in mein Navi ein und wir fuhren los. Was für eine Erfindung: ein Navigationsgerät! Was haben wir früher Zeiten, ohne Navi, verbracht, um die gesuchte Adresse zu finden. Alles verlorene, nutzlose Zeit.

Wir fuhren in Richtung Greising, bogen bei der Kirche nach links ab und sodann am Gasthof Geiss vorbei wieder nach links. Hausnummer 26 ... das Navi meldete sich: „sie haben ihr Ziel erreicht. Ihr Ziel liegt auf der rechten Seite". Perfekt!

Ich parkte das Auto und wir gingen in Richtung Hausnummer 26, dem Haus der Familie Schnarrer.

Frau Stöcklgruber klingelte und es dauerte nicht lange, bis uns eine drahtige, groß gewachsene Frau mit wachen Augen und einem scharf geschnittenem Gesicht, eingerahmt von langen schwarzen Haaren die Türe öffnete. Ich schätzte sie auf Mitte vierzig, oder jünger, aber irgendwie adrett und gut aussehend. Sie hatte ein buntes Kleid an und einen dazu passenden Schal um den Hals, was sie sehr gut kleidete.

„Ja bitte", meinte sie freundlich „wollen sie zu mir?"

Ich stellte uns beide vor und fragte sie, ob wir eintreten dürfen. Ihr fragender Blick signalisierte große Unruhe. Sie führte uns durch einen langen, schmalen Gang und ich bemerkte am Ende des Gangs ein an die Wand gelehntes Golfbag. Ich deutete auf das Bag und meinte an Frau Schnarrer gerichtet: „wer spielt denn bei ihnen Golf?"

„Ach das, das ist von meinem Sohn. Der spielt auf der Rusel Golf und hat es bei uns abgestellt, weil mein Franz ihm neue Griffe aufziehen soll. Das wollte er heute machen, wenn er wieder da ist."

Wir gingen in ihr Wohnzimmer und wir setzten uns.

„Frau Schnarrer", begann ich das Gespräch „es ist jetzt nicht ganz einfach für uns, ihnen diese Nachricht zu überbringen. Sie müssen jetzt ganz stark sein."

„Was ist", meinte sie drängend „ist was mit dem Franz? Ist ihm was passiert?"

„Ja, Frau Schnarrer, leider. Ihr Mann ist im Greisinger Weiher tot aufgefunden worden. So wie es aussieht, wurde er ermordet. Aber wir tun alles Mögliche, um den oder die Mörder zu finden. Das können sie uns glauben".

Sie sackte richtiggehend zusammen. Sie hielt sich die Hände vor das Gesicht und begann zu weinen, was nur verständlich war nach so einer Nachricht.

„Frau Schnarrer, dürfen wir ihnen noch ein paar Fragen stellen?" wollte ich von ihr wissen. „Es würde uns sehr viel weiterhelfen, wenn sie uns hier unterstützen könnten."

Sie nickte kaum merklich und ich begann mit meinen Fragen: „Wann haben sie ihren Mann zum letzten Mal gesehen?"

Sie antwortete mit leicht brüchiger Stimme: „Gestern Abend, er wollte zu seiner Schafkopfrunde, wie jeden Montag, in das Gasthaus Geiß in Greising. Ich ging um etwa 10:00 Uhr ins Bett und da ich sehr fest schlafe, höre ich ihn normalerweise nicht, wenn er heimkommt. Aber heute früh habe ich mich schon gewundert, dass sein Bett noch unbenutzt war. Aber da denke ich mir eigentlich nichts dabei. Der Franz hat immer wieder verrückte Ideen, das kam schon ab und zu vor, dass er auch auswärts übernachtet hat, wenn er zu viel getrunken hat". Sie schluchzte laut auf und holte ein Taschentuch aus ihrem Kleid.

„Warum, Herr Kommissar, warum?" wollte sie noch von mir wissen

„Wir wissen es nicht, noch nicht", antwortete ihr Frau Stöcklgruber für mich. „Hatte er irgendwelche Feinde, war er in letzter Zeit anders als sonst? Haben sie etwas bemerkt?" hackte sie nach.

„Nein", erwiderte sie kaum hörbar „wer sollte denn dem Franz böse sein? Ihn sogar umbringen wollen? Er war doch immer ein herzensguter Mensch, Vater und ….. mein Mann! Was passiert denn nun mit ihm?"

Ich ergriff das Wort „er wird jetzt erst mal zur Untersuchung nach Straubing gebracht, um die genaue Todesursache festzustellen. Wenn die Rechtsmedizin dann fertig ist, wird er zur Beerdigung freigegeben. Sie werden natürlich sofort benachrichtigt, wenn es so weit ist".

Sie nickte und sah mich mit traurigen Augen an „Warum er …. warum der Franz?"

Darauf konnte ich ihr leider keine Antwort geben. Noch nicht.

Ich riet ihr noch, sich an ihren Sohn um Unterstützung zu wenden, was sie mit einem Nicken bejahte.

Wir verabschiedeten uns von ihr und gingen zu unserem Auto.

„Es ist immer wieder hart, diese Nachricht zu vermitteln", meinte Frau Stöcklgruber, „da kann man noch so lange bei der Polizei sein, es ist jedes Mal furchtbar und aufwühlend. Wie geht es dir dabei"?

Sie sah mich fragend an: „Genauso wie dir", erwiderte ich „es ist jedes Mal anders und doch immer das Gleiche. Daran gewöhnen kann ich mich nicht. Und das will ich auch nicht!"

Wir fuhren nochmal die Strecke zurück zum Fundort der Leiche.

Das Team war immer noch vor Ort und so konnte ich Frau Krankl zu etwaig gefundenen neuen Erkenntnissen befragen.

„Tja", begann sie „viel haben wir nicht gefunden, aber eins kann ich mit Sicherheit sagen: der Fundort am Greisinger Weiher, den Namen habe ich inzwischen von Herrn Mader erfahren, ist nicht der Tatort. Herr Schnarrer wurde an einem anderen Ort getötet und er war bereits tot, als er in dem Weiher entsorgt wurde".

„Können sie schon sagen, mit was er ermordet wurde"? wollte ich noch von ihr wissen.

„Na ja, das ist noch schwierig zu sagen. Auf alle Fälle war es ein scharfkantiger Gegenstand, soweit ich die Stelle an seinem Hinterkopf richtig einschätze. Aber mehr kann ich ihnen berichten, wenn ich ihn auf meinem Seziertisch habe".

Damit war das Thema vorerst beendet und wir fuhren in Richtung Deggendorf. Es war inzwischen kurz vor Mittag und so einigten wir uns auf eine Mittagspause bei unserem Metzger in Mietraching.

„Mina, was schlägst du vor? Wie sollen wir weiterhin vorgehen"?

Mina schluckte ihren letzten Bissen von ihrem Lachsbagel hinunter und meinte „na ja, halt wie immer. Zeugen suchen, in seinem Freundeskreis umhören, Ereignisse der letzten

Zeit untersuchen und daraus natürlich die richtigen Rückschlüsse ziehen. Darin bist du doch einfach unschlagbar, oder etwa nicht?"

Sie schmeichelte mir, schön das zu hören.

Den Nachmittag verbrachten wir mit Büroarbeit. Ich untersuchte das Umfeld unserer Leiche und stellte fest, dass es einige Einträge von ihm im Netz gab. Vor allem war er anscheinend sehr gesellig, Faschingsbälle, Feuerwehrfeiern, Ehrungen etc. Ich wollte aber vorerst noch die Erkenntnisse von Frau Doktor Krankl haben, bevor ich weitere Schritte unternehmen würde. Der Anruf von ihr kam so gegen 15 Uhr. Sie teilte mir mit, dass alles natürlich vorbehaltlich war und ich das schriftliche morgen bekommen würde.

„Der Todeszeitpunkt ist zwischen 23 und 0 Uhr gestern Nacht", begann sie ihre Ausführungen. „Er wurde mit einem scharfkantigen Gegenstand erschlagen. Der massive Schlag war sofort tödlich. Als Tatwaffe würde ich ein eckiges Eisen, wie zum Beispiel, ein T-Eisen von einer Baustelle oder ähnliches in Betracht ziehen. Wir haben Eisenpartikel in der Wunde festgestellt. Wie schon gesagt, ist der Weiher nicht auch der Tatort. Der Tote wurde aus einem Auto ausgeladen, die Spuren haben wir gesichert, dann zum Weiher hingezogen und anschließend darin entsorgt. Ich gehe davon aus, dass es nur ein Täter ist, da das Mordopfer nicht getragen, sondern gezogen wurde. Bei zwei Verdächtigen wäre er sicher getragen worden. Das Mordopfer war auch alkoholisiert, den genauen Wert können sie morgen nachlesen. Außerdem habe ich seinen Mageninhalt untersucht. Auch das können sie morgen detailliert erfahren. Der schriftliche Bericht folgt. Genügt das fürs erste?" wollte sie noch abschließend wissen.

„Ja, ja" pflichtete ich ihr bei „das reicht für heute. Vielen Dank Frau Doktor Krankl für die schnelle Reaktion. Mit ihnen macht es immer wieder Spaß zusammen zu arbeiten. Da weiß man doch, was man hat".

Ein bisschen verlegen verabschiedete sich von mir. Ab und zu musste man ja auch Lob aussprechen. Aber nur nicht übertreiben!

Ich berichtete Frau Stöcklgruber von den Erkenntnissen von Frau Doktor Krankl. Sie meinte, so in etwa hat sie sich das sowieso schon gedacht.

„Aber weißt du, Franz, was komisch ist?" fügte sie noch hinzu. „Wenn ich ihn schon umbringe, warum der Aufwand, ihn im Greisinger Weiher zu entsorgen? Bei so viel Wald herum, warum schmeißt er ihn in den See? Soll uns das etwas sagen? Will er uns damit etwas mitteilen?"

„Tja, Mina, da hast du wie immer recht. Aber ich verstehe die Message noch nicht."

„Hey Franz, du mit englisch? Seit wann denn das?"

„Das ist eine längere Geschichte. Willst du sie hören?"

„Ja gerne, Franz".

„Also, wir, meine Claudia und ich, waren doch letztes Jahr zum ersten Mal in Irland. Habe ich dir das noch nicht erzählt?"

„Nein, jetzt mach schon. Du machst mich schon richtig neugierig."

„Also wir beide in Irland. Mein Englisch ist nur schulenglisch und inzwischen ganz schön eingerostet und verstaubt. Leider ist Claudia auch kein Genie in Englisch. Und dann diese Dialekte! Unglaublich. Also wir zwei beim Essen in einem Irischen Lokal in Dundalk, das ist im Norden von Irland. Wir bekamen die Speisekarte von dem Kellner und wir verstanden nur Bahnhof. Mein Handy im Auto, das von Claudia im Hotel, also auch keine Hilfe für eine Übersetzung. Wir versuchten es mit Ausschlussverfahren, mit ähnlichen Wörtern in anderen Sprachen, aber wir kamen zu keinem Ergebnis. Also blieb uns nur noch der Versuch, mit dem netten Kellner eine Bestellung mit Gesten und Handbewegungen aufzugeben. Das Ergebnis, also das, was wir dann letztendlich serviert bekamen, war ein totaler Reinfall. Ich wollte eigentlich ein Steak und bekam irgendetwas mit Lamm und meiner Claudia war nach Fisch, und sie bekam einen irischen Nudelauflauf. Also total daneben. Und da habe ich mir geschworen, dass ich zurück in Deggendorf sofort einen Kurs bei der Volkshochschule belege, um mein Englisch wieder aufzufrischen."

„Aha, daher weht der Wind." meinte sie lachend.

„Ich denke, dass wir heute fürs erste Schluss machen und uns mit Herrn Kammerer treffen wegen der Teufelsaustreibung. Na, du weißt schon."

„Na klar weiß ich Bescheid: die Oberhuber Teifen", gab sie lachend von sich.

Wir fuhren zu Herrn Kammerer in die Graflinger Straße. Ich war schon öfters bei ihm und so wusste ich, wo ich das Auto parken konnte. Ich stellte mein Fahrzeug ab und klingelte an der Türe.

Irgendwie roch es komisch. Aber ich konnte den Geruch nicht zuordnen. Die Gegensprechanlage weckte mich aus meinen Gedanken.

„Franz, bist du es?", wollte eine mir bekannte Stimme wissen. Ich bejahte und er bat mich noch schnell nach oben zu kommen und so ging ich nach oben in die erste Etage, immer zwei Stufen auf einmal! Oben war die Türe schon offen und ich trat ein.

Der Geruch wurde immer intensiver. Jetzt war mir auch klar, nach was es da roch: Weihrauch!

„Hallo Franz", wurde ich auch schon begrüßt. „Du musst mir ein bisschen helfen. Kannst du den Weihwasserkessel, das Kruzifix und die Gewänder nehmen"? wollte Herr Kammerer, der Toni, von mir wissen.

„Wozu brauchen wir denn das alles?" fragte ich ihn leicht irritiert.

„Zu einer richtigen Teufelsaustreibung gehört Weihrauch, Weihwasser, ein Kruzifix und natürlich entsprechende Kleidung. Na, du wirst schon sehen. Und wenn wir so etwas machen, dann aber richtig", fügte er noch abschließend sehr überzeugend hinzu.

Ich übernahm die mir übergebenen Accessoires und wir gingen sehr vorsichtig, um ja nichts auszuschütten, zum Auto. Herr Kammerer trug das Weihrauchfass, das schon dampfte und diesen heiligen Duft verbreitete. Es war schon lange her, dass ich den Geruch zum letzten Mal so intensiv verspürte.

Franz", meinte er noch bevor wir ins Auto stiegen. „Ich muss immer schaun, dass der Weihrauch auch weiter klimmt. Daher habe ich ihn schon daheim entzündet. Ist gar nicht so einfach. Im Auto pass ich schon auf, dass nichts passiert".

Da war ich mir gar nicht so sicher. Weihrauch im Auto! Aber vielleicht gar nicht so schlecht, dann werden auch im Auto mal die bösen Geister vertrieben, wenn welche da sind.

Der Toni setzte sich neben mich, Frau Stöcklgruber hatte sich in der Zwischenzeit bereits nach hinten gesetzt und so fuhren wir los.

Das Weihrauchfass dampfte ganz schön und der Weihrauch schränkte meine Sicht ein, so dass ich mich fühlte, als wenn draußen Nebel wäre. Ich öffnete das Schiebedach und der Rauch konnte erst mal entweichen. Die Sicht wurde schlagartig besser. Aber was werden sich die anderen Autofahrer denken? Feuer im Auto? Starker Raucher? Hoffentlich geht das gut.

„Ui, Franz", meldete sich Toni „jetzt ist mir glatt ein Stück vom Weihrauch rausgefallen. Dein Teppich glimmt schon ein bisschen".

Ich konnte es inzwischen auch riechen. Also nichts wie ran an die rechte Seite. Gott sei Dank, waren wir gerade in Mietraching in Höhe des Ruselkraftwerks unterwegs und da gab es den Kettenanlegeplatz. Blinker raus und bremsen.

Ich riss meine Türe auf und eilte auf die Beifahrerseite. Toni hatte inzwischen auch seine Türe geöffnet und meinte: „Nimm du mal kurz das Weihrauchfass. Ich schmeiße die Kohle raus. Das schaffe ich schon". Gesagt, getan. Er gab mir das Fässchen und bückte sich, um die Ursache für den Schreck zu entfernen.

Aber es war gar nicht so einfach, denn die Kohle war heiß und glimmte noch. Aber der Toni kannte keinen Schmerz, schnappte sich das Teilchen und schmiss es aus dem Auto.

„So, geschafft", meinte er erleichtert. „Aber meine Finger habe ich mir auch ein bisschen verbrannt. Was soll´s …. ist ja für einen guten Zweck. Und den Teppich ersetze ich dir natürlich".

Tja, da war ein schwarzes, kleines angesengtes Loch. Eine schöne Erinnerung an die Teufelsaustreibung. Das geht ja gut los!

So kamen wir nach einigen Minuten auf der Rusel bei Familie Weinzierl an. Frau Stöcklgruber und ich trugen die benötigten Sachen und der Toni das Weihrauchfass.

„Bevor wir jetzt klingeln, sollten wir uns noch umziehen. Frau, wie heißt sie noch mal", wollte er noch wissen.

„Frau Weinzierl, Luise" klärte ich ihn auf.

„Ahh, Luiserl, schöner Name. Aber jetzt los. Du", damit deutete er auf mich „nimmst den weißen Kaftan, Frau Stöcklgruber genauso und ich zieh mir den blauen an. Habe ich übrigens aus Marokko, von einem Urlaub, mitgebracht. Waren ganz billig, ein Strandkauf".

Wir setzten unsere Sachen ab und zogen die Kaftane über.

„So, fertig", bemerkte ich. „Wir sind startbereit".

„Stopp", fiel mir Toni ins Wort „ich brauche noch meine Kopfbedeckung und dann muss ich euch noch instruieren, was ihr zu tun habt: also Frau Stöcklgruber nimmt das Kruzifix und geht voran. Dann folgst du mit dem Weihwasser und ich komme als letzter mit dem Weihrauch. Es wird schon funktionieren."

Wir nickten ihm zu. Er setzte sich noch eine bunte Strickmütze auf und dann konnten wir klingeln.

Herr Weinzierl öffnete die Tür und erschrak richtig, als er uns sah.

„Keine Angst Herr Weinzierl", beruhigte ich ihn „wir haben uns nur entsprechend verkleidet, damit ihre Frau auch wirklich meint, dass wir eine Teufelsaustreibung machen. Es soll ja auch funktionieren. Übrigens das ist Herr Kammerer, der Toni", damit deutete ich auf Toni. „Frau Stöcklgruber kennen sie ja bereits". Er nickte bejahend.

Wir betraten den Flur und wir folgten ihm in die gute Stubn, in das Wohnzimmer. Wie immer, war das Licht sehr schummrig. Es brannte wieder nur eine der sechs Glühbirnen. Aber das kam uns sehr entgegen, denn Frau Weinzierl sollte uns, wenn möglich, nicht erkennen.

Sie war noch in der Küche beschäftigt, wie wir hören konnten.

„Luise", rief Herr Weinzierl „schau mal, die Teufelsaustreiber sind da. Brauchst nicht zu erschrecken, sie wollen nur das Beste für dich".

Frau Weinzierl lugte aus der Türe und machte große Augen.

„Ja, ja, … was machen denn die Leute da?" rief sie ängstlich aus.

„Die sind nur wegen dir und deine Teifen da", beruhigte sie ihr Mann. „Wo sollen sie denn anfangen? Wo sitzen denn welche?"

„Na im ganzen Zimmer, vor allem oben auf der Anrichte", meinte sie und deutete auf das Möbel. „Ja siehst du sie denn nicht? Weg mit euch, ihr Oberhuber Teifen. Euch zeig ichs noch".

Und schon war sie im Zimmer und wollte auf die Teifen losgehen. Ihr Mann nahm sie aber in die Arme, fing sie auf und nickte uns zu.

Jetzt kam der große Auftritt vom Toni. Er trat nach vorne.

„Hoc signum vincemus", begann er mit tiefer, andächtiger und ruhiger Stimme. „Confiteor dei, omni potenti", und schwenkte dabei sein Weihrauchfass in alle Richtungen. „in vino veritas, barba decet virum, amicus certus in re incerta cernitur, contra vim mortis non est medicamen in horti, ad nuptias vobis opto ex animo omnia bona".

Jetzt erhob er seine Stimme, nahm den Weihwasserpinsel von mir aus dem Gefäß und verteilte das Weihwasser im Zimmer und rief: „Memento mori, Carpe diem!" …..

Jetzt war es so still, man konnte nur das Ticken der Wanduhr hören.

„Und, Luiserl", flüsterte Herr Weinzierl „sands weg?"

„Ja, Gottlieb", meinte Frau Weinzierl erfreut „die san weg! Des gibt's ja gar ned, de ham se einfach aufglöst. Des kann i gar ned glauben. Aber bestimmt sans no im Waschraum. Da sans immer auf da Waschmaschin gsessen. Kommts mit!"

Wir gingen ihr hinterher und sie führte uns in den Waschraum.

„Ja, da sitzns ja!" sagte sie und deutete auf die Waschmaschine. „Heit geht's eich dro. Da werts schaun! Ihr Teifen ihr verrekten!"

Frau Stöcklgruber schwenkte eifrig das Kreuz und der Toni ließ das gleiche Prozedere wir vorher ablaufen. Und es wirkte. Frau Weinzierl war total aus dem Häuschen.

„Und jetzt ins Schlafzimmer und dann hama a no as Badezimmer und de Toilettn". Wir folgten ihr und die Teifen wurden auch aus diesen Räumen ausgetrieben. Wir waren absolut erfolgreich. Es wirkte! Die Toilette war eher ein Plumpsklo und es war nur Platz für eine Person, so dass nur der Toni, der arme, auch im Plumpsklo seine Show abziehen musste. das waren schon wirklich erschwerte Bedingungen. Der Weihrauch kam kaum gegen den bestehenden, betörenden Duft an. So waren Frau Stöcklgruber und ich ganz froh, dass wir hier nicht mit im Einsatz waren und vor der Türe warten konnten.

Frau Weinzierl hatte Tränen in den Augen, so gerührt war sie, dass ihre Teifen endlich verschwunden waren.

„Was ist denn mit der Küche", wollte ich noch von ihr wissen.

„Ah ja, natürlich. Da hockans doch immer ganz obn aufm Gschirrkastl!"

Also noch in die Küche und letztmals die komplette Austreibung. Toni wurde von Mal zu Mal besser. Seine lateinischen Wörter gaben zwar immer weniger Sinn, so fern ich das beurteilen konnte, aber es machte unheimlich Eindruck. Und es wirkte!

„Gottlieb", machte sich Frau Weinzierl bemerkbar „des is heid füa mi a richtiga Glückstag. Meine Teifen san alle weg! Ich kanns gar ned glauben". Sie fiel ihrem Mann um den Hals und wollte anschließend den Toni umarmen. Aber er schwenkte sein Weihrauchfass so fest, dass sie nicht an ihn heran kam. Dann fiel ihr Blick auf mich.

Na, bloß das nicht! Vielleicht busselt sie mich auch noch ab in ihrer Glückswolke.

Jetzt war guter Rat teuer. „Frau Weinzierl", begann ich daher „sollten wir das nicht entsprechend begießen"?

„Ja, natürlich" erwiderte sie. „I glaub, i hab no an Schampus vo Silvester im Kühlschrank. Den mach ma uns auf". Drehte sich um und verschwand in die Küche.

Geschafft! Angriff abgewehrt.

Wir gingen in das Wohnzimmer, Toni wollte noch das Weihrauchfass ins Freie bringen, denn es rauchte immer noch und allmählich wurde der Geruch für uns alle zu viel. Frau Stöcklgruber und ich setzten uns auf die Bank. Herr Weinzierl entnahm der Anrichte fünf Gläser und stellte sie auf dem Tisch ab.

„Des san unsere besten Gläser, mundgeblasen" bemerkte er „aber heit is uns nix zu teuer"!

Frau Weinzierl kam mit der Flasche Schampus zurück und bat ihren Mann, doch die Flasche zu entkorken „Und passts ma ja auf meine schönen Gläser auf! Mundgeblasen!" meinte sie noch sehr bestimmend.

Frau Stöcklgruber mischte sich ein und erklärte, dass sie gerne die Arbeit übernehmen würde und so machte sie sich an das Entkorken der Flasche. Da der Schampus schon längere Zeit im Kühlschrank gelegen hatte, war es gar nicht so einfach, den Korken aus der Flasche zu bringen. Aber mit vereinten Kräften konnte Mina endlich die Gläser füllen.

Wir prosteten uns zu und Frau Weinzierl bedankte sich noch einmal überschwänglich für die erfolgreiche Teufelsaustreibung.

Nachdem wir die Gläser geleert hatten, verabschiedeten wir uns glücklich und zufrieden von der Familie Weinzierl. Wir hatten es geschafft und haben den Weizierls eine neue Lebensqualität gegeben und das alles mit Hokuspokus und Theaterspielen. Aber vielleicht steckt ja doch mehr dahinter, als man meint. Aber egal. De Teifen san weg und das ist doch das Entscheidende.

Herr Kammerer leerte noch das Weihrauchfass aus, damit ihm nicht noch mal so ein Malheur passiert wie bei der Herfahrt und so wir starteten wieder in Richtung Deggendorf.

„Vielen Dank Toni, das war wirklich bühnenreif. Du hättest Schauspieler werden sollen", sagte ich an ihn gewandt.

Er lachte und meinte „Nein, mein Lieber. Mein Doktorberuf ist genau das richtige für mich. Was glaubst du, was ich hier tagtäglich erlebe! Das ist Kino real! Da könnte ich dir Sachen erzählen, aber das ist ein anderes Thema. Es passt schon so, wie es ist".

„Was haltet ihr davon, wenn wir noch irgendwohin gehen und das Ereignis feiern? Strandbar, Otto, Laurin, Knödelwerfer?" machte ich den Vorschlag.

„Nein, lieber Franz" reagierte Frau Stöcklgruber „wir haben morgen einen anstrengenden Tag. Der aktuelle Fall beansprucht uns sicher total. Also sollten wir unsere Konzentration und Kraft voll auf den Fall richten. Wenn der gelöst ist, bin ich sofort dafür, richtig zu feiern und den Erfolg zu begießen. Außerdem riecht alles an mir nach Weihrauch, und bei euch Beiden sicher auch."

Ich musste ihr recht geben und so lieferte ich erst den Toni und dann auch Frau Stöcklgruber zuhause ab. Ich bedankte mich nochmal bei Herrn Kammerer und half ihm auch beim Ausladen unserer Austreiber-Utensilien.

Was für ein ereignisreicher Tag. Ich war froh, als ich daheim meine Frau in die Arme nehmen und mit ihr einen schönen Abend verbringen konnte. Aber zuerst musste ich meine Kleidung wechseln und mich duschen. Claudia meinte, mit so einem Weihrauchgeruch kommst du mir nicht an den Esstisch. Frauen sind eben doch kleinlich. Wusste ich's doch!

TAG 2, Dienstag 21. Mai 2019

Es regnete. Ein grau verhangener Himmel. Meine Stimmung war ähnlich. Ich fuhr ins Präsidium und parkte mein Auto auf einem freien Parkplatz am Gebäude. Den Autos nach zu urteilen, waren noch nicht viele Leute in der Arbeit, die lieben Kollegen. Ich ging hoch in mein Büro. Frau Stöcklgruber war schon da, natürlich wie immer.

„Na Mina, den Weihrauch überlebt?" wollte ich mit einem Lächeln von ihr wissen.

„Franz, meine ganze Wohnung hat danach gerochen, den ganzen Abend musste ich lüften. Sogar meine Haare habe ich mir gewaschen. Sonst war es nicht auszuhalten".

„Aber geholfen hats auch. Offensichtlich", stellte ich noch fest. „Wie wollen wir heute vorgehen? Was schlägst du vor"?

„Franz, ich würde sagen, wir vernehmen zunächst seine Kartenfreunde und dann schauen wir uns in seinem Umfeld um, in dem er sich bewegt hat. Eventuell ergibt sich dann ein Tatverdacht. Wäre nicht das erste Mal".

„Ja, genauso machen wir es. Hast du die Namen und Adressen seiner Kartenspezis"? hackte ich nach.

„Da müssen wir Frau Unholzer damit beauftragen", meinte sie.

„Mina, wir schauen uns nochmal die Örtlichkeiten an und vielleicht finden wir einen Hinweis auf den Orginaltatort. Interessant ist sicher auch der Ort wo sie Karten gespielt haben. Das könnten wir von Frau Schnarrer mitgeteilt bekommen. Dann reden wir mal mit dem Wirt und dann sollten wir auch schon die Namen der Mitspieler von Frau Unholzer bekommen. Also, los geht's"!

Wir gingen noch bei Frau Unholzer vorbei und beauftragten sie, uns doch die Namen und Anschriften der Kartenspieler zukommen zu lassen. Wir sind ab sofort unterwegs und sie könnte sie uns per E-Mail zuschicken. Wir würden dann einen nach dem anderen aufsuchen und befragen.

Sie sicherte uns zu, dies sofort anzugehen und wir verabschiedeten uns von ihr.

Wir fuhren zunächst zu Frau Schnarrer in Greising um die Adresse des Gasthauses zu erhalten, in dem Herr Schnarrer in der Mordnacht Karten gespielt hat.

Es war noch relativ früh und so hatte ich vom Auto unser Kommen bei Frau Schnarrer angemeldet, was aber bei ihr kein Problem war. Sie sei schon seit längerem auf. Schlafen sei momentan kaum möglich. „Sie können sich schon denken, warum", meinte sie noch abschließend.

Wir parkten unser Auto vor dem Haus von Familie Schnarrer. Sie öffnete uns bereits die Türe ohne dass wir klingeln mussten. Sie bat uns ihr zu folgen und wir gingen hinter ihr in das Wohnzimmer.

„Herr Kommissar, gibt es etwas Neues? Haben sie schon eine Spur?" wollte sie von uns wissen.

„Nein, leider nicht", musste ich enttäuscht feststellen. „Aber wir haben noch ein paar Fragen an sie. Passt es ihnen?"

„Ja, natürlich, wenn es sein muss, schießen sie ruhig los".

„Also", begann ich „sie hatten uns ja gestern schon gesagt, wo die Schafkopfrunde sich jeden Montag zum Spielen traf. Aber können sie uns auch sagen, wer seine Mitspieler waren?"

„Gespielt haben sie, wie gesagt, immer beim Geiss, Gasthaus Geiss in Greising. Jede Woche, immer am gleichen Tag ab 19:00 Uhr. Mit dabei war der Giglbauer Herbert, der Grocker Heinz und der Hart Günther. Alle aus Greising. Und das machten sie schon…. da muss ich mal überlegen". Sie kratzte sich am Kinn und dachte nach. „Ja seit wann? Ah ja, jetzt fällt es mir wieder ein: in dem Jahr, in dem der Giglbauer Herbert seine zweite Tochter bekommen hat. Und die ist jetzt … 16 Jahre alt. Also seit 16 Jahren spielen die jeden Montag beim Gasthaus Geiss Schafkopf".

Ich hatte eifrig die Namen der Mitspieler in meinem Notizblock mit geschrieben.

„Schön, dass sie sich so gut erinnern können", bemerkte ich „und wie lange spielten sie normalerweise, beziehungsweise, wann war denn ihr Mann nach dem Spielen wieder daheim?"

„So gegen elf Uhr, manchmal auch etwas später, aber immer vor Mitternacht. Ich war zu der Zeit aber üblicherweise schon im Bett. Daher ist mir auch gestern nicht aufgefallen, dass der Franz nicht da war. Aber das hatte ich ihnen doch alles schon gestern gesagt". Sie schniefte laut ein und wischte sich eine Träne aus den Augen.

Frau Stöcklgruber mischte sich jetzt ein und meinte „Frau Schnarrer, ich muss sie nochmal fragen, gab es Neider, oder Freunde, die ihrem Mann in letzter Zeit nicht gut gesonnen waren? Oder anders ausgedrückt: gab es Anzeichen dafür, dass ihr Mann Probleme hatte?"

„Nicht dass ich wüsste", gab sie entrüstet von sich. „Aber es gab Probleme mit seinen Feuerwehrkollegen wegen des neuen Feuerwehrhauses. Franz war strikt dagegen und wollte nicht, dass ein neues gebaut wird. Ihm waren die Kosten viel zu hoch und wissen sie, in Greising hat es seit 12 Jahren nicht mehr gebrannt. Eigentlich hat die Feuerwehr nur die Funktion eines Vereins, der das Vereinsleben hoch hält. Gut für die Jugend und für Greising".

„Und, war von der Schafkopfrunde auch jemand bei der Feuerwehr"? hackte ich nach.

„Das weiß ich nicht. Da müssen sie sie schon selber fragen".

„Das haben wir jetzt vor. Ich habe ja jetzt die Namen der Mitspieler von ihnen und dem Gasthaus Geiss werden wir auch einen Besuch abstatten. Sollten wir etwas Neues erfahren, so werden wir ihnen natürlich sofort Bescheid geben. Nochmals vielen Dank für ihre Bereitschaft zur Mitarbeit. Ist nicht immer so, vor allem nach so einem Schicksalsschlag".

Damit verabschiedeten wir uns von Frau Schnarrer. Sie machte nach wie vor einen sehr gefassten Eindruck.

„Mina, also wenn mir so etwas widerfahren wäre, ich glaube, ich wäre nicht fähig, so stark und irgendwie gelassen zu sein".

„Da hast du natürlich recht. Ist mir auch schon aufgefallen. Aber es gibt halt verschiedene Charaktere. Und jeder geht damit anders um. Vielleicht ist sie ja Anhängerin des Buddhismus. Und wie ich weiß, haben die zum Beispiel eine ganz andere Sichtweise auf solche Schicksalsschläge."

„Du wieder. Aber es könnte schon etwas ähnliches sein…. Na ja, wer weiß".

Wir stiegen in das Auto ein und machten uns auf den Weg zum Gasthaus Geiss. Da Greising nur ein kleines Dorf ist, war das einzige Wirtshaus, das der Ort hatte, nicht zu übersehen. Wir parkten direkt vor dem Wirtshaus, ein sehr stattliches, doppelschössiges Haus. Die Eingangstüre war auf und wir gingen in den Gastraum.

„Hallo, ist hier jemand", rief ich laut um uns anzukündigen.

„Ja, ich komme schon", rief jemand aus dem angrenzenden Raum, vermutlich der Küche.

Eine kleine, ältere Dame, bekleidet mit einer Küchenschürze, die sicher früher einmal weiß war, begrüßte uns in einem eher neutralen Ton.

Wir stellten und vor und fragten sie, ob sie uns etwas über die Schafkopfrunde erzählen könnte, bei der Herr Schnarrer mit dabei war.

„Nein, wenn die spielen, bin ich zwar in der Küche, aber später, wenn die gegessen haben, gehe ich hoch zum Fernsehen. Montag ist immer Günter Jauch mit der Millionenshow oder wie das heißt".

„Alois", rief sie laut nach hinten. „Da san Leid vo da Polizei. Kanntest amoi kemma? Des is nämlich da Chef, … mei Bua," fügte sie an uns gewandt noch abschließend hinzu.

Herr Geiss kam auch umgehend aus der Küche. Er war Mitte vierzig, nicht groß, sah aber sehr vital aus. Er begrüßte uns sehr freundlich und wollte wissen, wie er uns helfen kann.

„Herr Geiss, sie wissen sicher schon, was mit Herrn Schnarrer passiert ist." Er nickte zustimmend und ich fuhr fort: „Herr Schnarrer war ja jeden Montag bei ihnen hier im Wirtshaus zum Schafkopfen, so doch auch letzen Montag, wie wir inzwischen wissen. Ab wann war er denn da?"

„Na ja, die treffen sich immer so um sieben Uhr, zuerst wird gegessen und dann wird gemischt."

„Gemischt?"

„Ja klar, das Mischen gehört zum Kartenspielen, sonst würde man ja immer die gleichen Karten bekommen. Verstehen sie, Herr Kommissar?" meinte er schmunzelnd.

„Ja, verstehe ich. Aber sie müssen entschuldigen, ich bin kein Kartenspieler. Vielleicht sollte ich es doch einmal versuchen."

Herr Geiss machte eine abwehrende Handbewegung. „Herr Kommissar, lassen sie es lieber. Bis sie in die Geheimnisse des Schafkopfs vorgedrungen sind und das Spiel verstehen, brauchen sie erst mal viel Zeit und dann auch noch drei geduldige Mitspieler, die sich für sie aufopfern und die sind nicht einfach zu finden.... Aber jetzt wäre ja ein Platz frei. Ich könnte da ...".

„Nein", unterbrach ich ihn. „das ist zwar sehr nett von ihnen, aber ich glaube, ich bleib doch lieber bei meinem Sudoku. Das klingt mir doch alles etwas zu aufwendig und schwierig. Aber Mina, du könntest es doch probieren, oder kannst du schon Schafkopfen"?

„Ja Franz, in der Schule haben wir Mädchen auch Karten gespielt, in der Pause oder wenn Stunden ausfielen. Aber Schafkopfen mit Profis würde ich mir doch nicht zutrauen. Aber ich kenne das Spiel und es macht richtig Spaß, kann ich dir sagen".

Jetzt war ich doch etwas überrascht. Frau Stöcklgruber kann Schafkopfen! Wer hätte das gedacht. Übers Watten bin ich nicht hinaus gekommen.

„Herr Geiss, ist am Montag irgendetwas Ungewöhnliches passiert?" wollte ich von ihm wissen.

„Na ja, bis auf dass der Giglbauer Herbert ein Solo mit vier Laufenden verloren hat und der Hart Günther seit langem wieder mal gewonnen hat, ist eigentlich nichts Besonderes passiert. Ahh ... doch ... der Franz, also der Schnarrer hat einen Anruf am Handy bekommen und dann hat er mich gebeten, für ihn weiterzuspielen. Er musste anscheinend dringend weg. Erklärt hat er uns nichts. Ist einfach aufgestanden, hat sein Geld eingesackt und sich verabschiedet. Das passierte sehr selten, eigentlich fast nie. Hat uns alle doch sehr verwundert."

„Um welche Uhrzeit war das?"

„Um etwa halb elf. Ich habe nämlich extra auf die Uhr geschaut, weil es doch sehr früh war, denn die Runde spielte normalerweise bis halb zwölf. War schon wirklich komisch."

„Und wie wirkte Herr Schnarrer?" mischte sich Frau Stöcklgruber mit ein.

„Der Franz war immer etwas gehetzt. Warum weiß ich auch nicht. Aber da war er irgendwie total daneben."

„Haben sie von dem Handygespräch etwas mitbekommen? Weibliche oder männliche Stimme? Wie lange hat das Gespräch gedauert?" hackte Frau Stöcklgruber nach.

„Nein, nein, ich war ja an der Schenke gestanden und habe eingeschenkt. Ob die anderen was gehört haben, weiß ich nicht. Aber die hören alle schon schlecht. Sind ja auch schon etwas älter", meinte er lächelnd.

„Schade, wäre echt interessant gewesen, wer da angerufen hat. Wäre doch mal ein erster Hinweis. Ahh, war Herr Schnarrer eigentlich mit dem Auto unterwegs?"

„Nein, der kam immer zu Fuß, war ja auch nicht weit zu gehen, die fünf Minuten. Außerdem wurden doch immer ein Paar Biere und Schnäpse getrunken. Jedes Mal, wenn ein Solo oder Wenz gespielt wurde, gab es eine Runde Schnaps.

Und das waren den Abend über meistens nicht wenige. Aber fürs Geschäft, also für mich, war das nur gut, wenn sie verstehen, was ich meine."

Inzwischen war es schon halb zwölf und die ersten Gäste kamen zum Mittagessen.

„Sie müssen mich jetzt entschuldigen, die Arbeit ruft", und Herr Geiss entschwand in die Küche.

„Mina, was hälst du davon, wenn wir auch eine Kleinigkeit zu uns nehmen? Mein Magen, na du weißt schon,"

„Ja Franz, hätte mich auch gewundert, wenn es nicht so wäre."

Ich winkte Frau Geiss Senior zu uns und erklärte ihr, dass wir gerne etwas zu Essen hätten. Eine Speisekarte gab es nicht, aber sie zählte auf, was es heute alles gab: Wiener Schnitzel, Schweinebraten mit Knödel, Goulasch, und Bratwürstel mit Kraut. Frau Stöcklgruber fragte nach, ob es auch einen Salat gäbe, was Frau Geiss bejahte. Salat mit Putenstreifen, das war genau das richtige für sie. Ich bestellte mir einen Schweinebraten, denn der Tag würde sicher noch länger werden, und dafür braucht man Kraft und da war der Schweinebraten sicher genau das richtige. Dazu ein alkoholfreies Weißbier und für Frau Stöcklgruber ein Mineralwasser.

„Na, was denkst du", wandte ich mich an sie „dieses Telefonat. Was könnte das gewesen sein? War der Auslöser für die folgenden Geschehnisse. Wenn wir nur wüssten, wer da angerufen hat."

„Ja, da hast du Recht. Aber wir sollten und wir müssen noch mehr und tiefer in sein Umfeld eintauchen. Also Kartenfreunde und Nachbarn befragen. Vielleicht bekommen wir so einen Hinweis."

„Na gut, wir teilen uns auf: ich befrage die Schafkopffreunde und du klapperst die Nachbarn ab. Ist das OK für dich?"

„Ja, passt schon. Greising ist Gott sei Dank sehr überschaubar. Da müssen wir doch eine Spur finden."

Frau Geiss brachte die Getränke und erkundigte sich, ob alles in Ordnung wäre. Der Wirtsraum war inzwischen etwa zur Hälfte gefüllt. Meist Arbeiter, Waldarbeiter oder Bauarbeiter. Auch eine Familie war darunter. War auch kein Wunder, Herr Geiss vermietete auch Zimmer und die waren günstig und daher immer gut belegt.

Das Essen schmeckte hervorragend. Ich hatte schon lange nicht mehr so einen tollen Schweinebraten. Die Soße: ein Gedicht. Echt regionale Küche. Auch Frau Stöcklgruber war sehr zufrieden mit ihrer Wahl und so verabschiedeten wir uns mit einem großen Lob an die Küche.

Wir teilten uns auf. Frau Stöcklgruber wollte zu Fuß zu den Nachbarn der Familie Schnarrer gehen, ein kleine Verdauungsspaziergang, wie sie meinte.

Ich holte mir die Adressen der Schafköpfe aufs Handy und gab die erste in das Navi ein. Giglbauer Herbert, etwa zehn Minuten mit dem Auto, etwas außerhalb gelegen. Aber was soll's.

Das Haus der Familie Giglbauer war ein in die Jahre gekommenes Bauernhaus, aber sehr schön am Hang mit Sicht in den Gäuboden gelegen. Ich parkte mein Auto und wollte gerade klingeln, als mir die Haustüre geöffnet wurde und ein etwa acht Jahre alter Junge mich fragend ansah.

„Sind deine Eltern zuhause?" wollte ich von ihm wissen.

„Naa, nur der Opa und die Oma san do. Opaaaa" rief er laut in den Flur nach hinten „do is jemand für di".

Aha, der Junge war das Enkelkind von Familie Giglbauer.

Herr Giglbauer, ein Mann, etwa Mitte, Ende sechzig mit vollem, dunklen Haar, einer Nickelbrille und einem listigen Gesicht in einer abgetragenen Arbeitshose und einem karierten Hemd, gab mir begrüßend die Hand: „Wer sind denn sie? Wir kaufen nichts an der Tür."

„Nein, nein," beschwichtigte ich ihn und zeigte ihm meinen Ausweis. „Kommissar Franz Breslmaier von der Deggendorfer Polizei". Eigentlich hätte ich ihm sagen müssen, dass ich von der Mordkommission bin. Aber ich wollte ihn nicht erschrecken.

„Öha, des ham ma mir ja no nia im Haus g'habt. De Polizei! Xaverl, mach amoi Platz fürn Herrn Kommissar." Damit ging er mir voraus in das Wohnhaus. Ich folgte ihm und der Xaverl trottete hinter mir her.

„So Herr Kommissar, setz'n eana nua her. Woins an Kaffee oder an Tee?"

„Ein Kaffee wäre jetzt genial."

Ich setzte mich auf die angebotene Eckbank und Herr Giglbauer ging in das angrenzende Zimmer, wahrscheinlich die Küche. Man hörte ihn reden und er kam auch umgehend wieder zurück.

„Also Herr Kommissar, wie kann ich eana helfen oder warum san si eigentli do?"

„Herr Giglbauer," begann ich das Gespräch „sie waren letzten Montag beim Schafkopfen zusammen mit Herr Schnarrer im Gasthaus Geiss."

„Ja, genau. Warum fragen sie danach?"

„Herr Schnarrer wurde in der Nacht von Montag auf Dienstag ermordet."

„Naaa, des gibt´s doch ned….. Du Xaverl, " meinte er an den Jungen gerichtet, „geh doch a bisserl zum Spuin in dei Zimmer. Des is jetzt wirkli nix für di, was mia da zum Redn haben".

Widerspenstig und enttäuscht macht sich der Xaverl auf in sein Zimmer.

„So Herr Kommissar, jetzt erzählns amoi wos do genau passiert is".

„Herr Giglbauer, wir stehen erst am Anfang unserer Ermittlungen und deshalb bin ich auch bei ihnen, um eventuelle Hinweise zu bekommen. Vielleicht haben sie ja etwas mitbekommen, was uns weiterhilft. Wir wissen inzwischen, dass Herr Schnarrer um etwa halb elf einen Anruf bekommen hat, der ihn veranlasste, ihre Schafkopfrunde eiligst zu verlassen. Leider wissen wir weder den Anrufer noch irgendetwas vom Inhalt des Gesprächs. Aber es musste sehr wichtig sein. Haben sie etwas mitbekommen?"

„Nein, leider ned. Aber es stimmt. Da Franz war danach total nervös. Na ja, a bisserl nervös war er ja immer. Aber so hab ich ihn no nia gseng."

Frau Giglbauer servierte den Kaffee auf einem Tablett. Sie begrüßte mich und verteilte die Tassen, bunt bemalte Tassen und Unterteller. Wahrscheinlich das Sonntagsgeschirr, bei so einem hohen Besuch. Sie schenkte mir ein, ging wieder zurück in die Küche und ließ mich allein.

„Haben sie eine Vermutung, was da passiert sein könnte?" begann ich das Gespräch.

„Na, keine Ahnung. Wir haben ihn ja auch gfragt, was los is. Aba er hat nix gsogt. Einfach aufgstandn, Geld eigsackelt und ganga. Ned amoi Servus hat er gsagt."

„Irgendeine Vermutung?"

„Na, absolut ned. Da Franz war seit Jahren unser vierter Mann beim Schafkopfen. Wer soll denn ihn jetzt ersetzen? Des wird schwierig wern. Er hat ja super verdient bei der BMW. Also wegen dem Geld waren sie eam vielleicht scho a bisserl neidisch. Aber dafür umbringa? I versteh des überhaupt ned. Gretl, kimm amoi her," rief er seiner Frau zu. Sie kam auch umgehend aus der Küche und meinte: „Herbert, was is?"

„Sag amoi, du kennst doch die Schnarrers a ganz guat. Kannst du dir vorstelln, wer den Franz umbringa kannt?"

Sie dachte angestrengt nach und meinte: „Na ja, die Zenzi, die Cecilia, seine Frau, war scho a echter Feger. Schaut ja imma no guat aus, oder? Und da kannt i mia…."

„Ah geh, Gretl, na klar ham de Mannsbilda imma gschaut, wenn sie mit dem Franz unterwegs war."

„Haben sie da einen konkreten Verdacht, Frau Giglbauer?" mischte ich mich ein.

„Na, eigentlich ned", meinte sie mit einem verächtlichen Unterton. „Aber vorstelln kannt i mia des scho, dass sie an Liebhaba …".

„Ja spinnst du?" wies sie ihr Mann in einem strengem Ton zurecht. „Wer in Greising kannt se do traun? Mia san doch so a kloane Gemeinde, da woas doch jeda ois vom andern. Die Zenzi war doch imma treu und dem Franz ergeben."

„Ich denke, das reicht für den Anfang. Wenn ich noch Fragen habe, darf ich mich wieder an sie wenden?" sagte ich abschließend.

„Na freili", antwortete Herr Giglbauer bejahend.

Ich verabschiedete mich von der Familie Giglbauer und ging in Richtung Auto.

Ich rief zunächst Frau Stöcklgruber an, um zu erfahren, wie weit sie gekommen wäre. Sie meldete sich umgehend und teilte mir mit, dass sie leider nicht erfolgreich war, da sie niemand erreicht hatte. Entweder waren die Nachbarn unterwegs oder in der Arbeit.

„Ich komme gleich zu dir, ich habe einige interessante neue Erkenntnisse. Die sollten wir mal zusammen besprechen."

Ich fuhr umgehend los und konnte Frau Stöcklgruber auch nach kurzer Fahrt bei der Kirche entdecken.

Ich hielt an und machte ihr die Türe auf. Sie stieg ein und ich berichtete ihr von der Unterredung mit Familie Giglbauer.

„Mina, was hälst du von dem Verdacht von Frau Giglbauer?"

„Ja, vorstellen könnte ich mir das schon. Sie schaut wirklich gut aus und sie hat das gewisse Etwas, wenn du verstehst, was ich meine. Das ist mir sofort aufgefallen. Aber vielleicht stellt man das nur als Frau fest."

„Da kannst du recht haben. Ich habe da nichts gemerkt. …. Aber ich könnte mir schon vorstellen ….. Auf jeden Fall sollten wir nochmal bei ihr vorbeischauen. Was meinst du?"

„Ich würde vorschlagen, dass wir erst mal seine restlichen Kartenbrüder aufsuchen. Vielleicht erfahren wir noch mehr, was wir dann bei Frau Schnarrer vertiefen können. Auf jeden Fall wären wir dann besser vorbereitet. Was sagst du dazu?"

„Du hast ja wie immer recht. Also auf zum Nächsten. Wie hieß der?"

Sie zückte ihren kleinen Notizblock und las vor: „Günther Hart, Rachelweg 5 in Greising."

„OK, also nichts wie los."

Damit stiegen wir ins Auto und ich fuhr los. Frau Stöcklgruber gab die Adresse in das Navi ein und so war es ein Leichtes, die angegebene Anschrift zu finden. Es dauerte auch nicht lange und ich bremste vor einem schmucken Holzhaus mit angebauter Garage. Es war inzwischen früher Nachmittag und ich rief noch bei Frau Unholzer an um sie zu fragen, ob der Bericht von der KTU schon vorläge.

„Nein Herr Breslmaier, leider noch nicht, aber ich frage da mal nach. Übrigens hat mich Doktor Hofer angerufen und auch nachgefragt, ob es schon etwas Neues gäbe. Aber ich konnte ihm auch nichts Positives vermelden. Stimmt doch, oder haben sie inzwischen neue Erkenntnisse?"

„Nein, leider nicht. Momentan sind wir dabei, die Kartenspieler, die am Abend mit Herrn Schnarrer gespielt haben, zu befragen. Aber der entscheidende Hinweis war leider noch nicht dabei. Aber eins habe ich gelernt: wie das Schafkopfen funktioniert. Frau Stöcklgruber hat mir das Spiel erklärt und ich denke, ich habe es kapiert. Das ist doch schon was, oder? Übrigens Frau Unholzer, können sie Schafkopfen?"

„Lieber Herr Breslmaier, das Spiel gehört doch gewissermaßen zur bayrischen Kultur. Wir haben in der Schule in der Pause immer regelmäßig gespielt und daher kann, oder konnte, ich es ganz gut. Außerdem verlernt man so etwas nicht. Ich bin nur etwas aus der Übung. Aber wenn sie wollen, könnten wir es doch zusammen mit Frau Stöcklgruber mal versuchen. Einen vierten Mitspieler, Mann oder Frau, finden wir bestimmt."

„Sehr gute Idee. Schauen sie mal bei uns in der Direktion, ob sie einen passenden Schafkopf finden. Ein Termin ist gleich vereinbart. Aber jetzt sollten wir Herrn Hart hier in Greising befragen. Ich gebe ihnen Bescheid, wenn sich etwas Neues ergibt. Bis dann."

Ich beendete das Gespräch und wir gingen die paar Schritte zum Haus der Familie Hart. Ich klingelte und kaum war das Signal verstummt, wurde auch schon die Türe von einer rüstigen, älteren Dame geöffnet, die neugierig durch den Spalt der Türe spähte.

Wir stellten uns vor und baten sie, uns eintreten zu lassen. Aber vorher wollte sie noch von uns wissen, was wir eigentlich von ihr wollten.

„Frau Hart?" begann ich das Gespräch. Sie nickte bejahend. „Wir möchten gerne mit ihrem Mann reden, denn er war gestern Abend mit Herrn Schnarrer zusammen beim Kartenspielen im Gasthof Geiss. Und da hätten wir noch einige Fragen. Dürfen wir kurz reinkommen?"

Sie öffnete die Türe so weit, dass wir eintreten konnten.

„Mein Mann hat sich gerade hingelegt. Sein Mittagsschlaf ist ihm sehr wichtig. Sie wissen schon, ab einem gewissen Alter braucht man seine Ruhe. Aber ich hole ihn gleich. Er kann sich ja später nochmal hinlegen, wenn er will."

Sie bat uns in das Wohnzimmer und wir setzten uns auf die dargebotene Couch.

Frau Hart verschwand und nach einigen Minuten kam sie zusammen mit ihrem Mann, einem rüstigen, untersetzten Rentner, zu uns zurück. Er begrüßte uns freundlich und teilte uns mit, dass sein Frau ihm schon erklärt hatte, was wir von ihm wollten.

Ich stellte uns nun auch ihm vor und sagte: „Herr Hart, sie waren gestern Abend beim Schafkopfen mit Herrn Schnarrer zusammen im Gasthof Geiss, wie jeden Montag. Ist ihnen an dem Abend irgendetwas Außergewöhnliches aufgefallen? War irgendetwas nicht so wie sonst?"

Herr Hart kratzte sich am rechten Ohrläppchen und meinte: „Nein, eigentlich nicht. Es war wie immer. Der Franz, der Herr Schnarrer, hatte einen richtig guten Lauf, wenn sie verstehen, was ich meine. Er hatte einen Wenz nach dem anderen gespielt und natürlich auch das eine oder andere Solo. Wir haben nur den Kopf geschüttelt und immer brav gezahlt. Bis dann plötzlich sein Handy klingelte und er den Alois, ahhh den Herrn Geiss, bat ihn zu vertreten."

„Und was ist dann passiert?" wollte ich noch ihm wissen.

„Nach dem Telefonat kam er zu uns zurück an den Tisch, sammelte sein Geld ein und verschwand. Kein Servus, keine Erklärung, gar nichts. Das war schon irgendwie sehr seltsam. Natürlich fragten wir bei ihm nach, aber es kam keine Antwort. Wenn ich jetzt daran zurückdenke, dass das der letzte Kontakt mit ihm war, dann wird mir ganz anders."

Jetzt mischte sich Frau Stöcklgruber in das Gespräch ein: „Herr Hart. Könnte der Anruf etwas mit seiner Frau zu tun gehabt haben? Sie war, oder ist, ja schon eine attraktive Erscheinung. Gab es da in Greising nicht jemand, der sich für sie interessierte? Wissen sie, welche Interessen sie hatte? Vielleicht war ja in dem Umfeld jemand …."

Jetzt war es Frau Hart, die sich an Frau Stöcklgruber wandte und sie unterbrach: „Frau Schnarrer, die Cecilia, war im Kirchenchor von Greising sehr aktiv. Na ja, sie hatte auch eine besonders schöne Stimme. Da komme ich nicht heran. Und der Herr Pfarrer, der den Chor leitet, hat sie immer sehr gelobt und manchmal nicht nur das …."

„Wie meinen sie das?" wollte ich von ihr wissen.

„Ich, ähh", kam es jetzt verlegen von ihr „das haben doch die anderen auch mitbekommen, dass er ihr schöne Augen gemacht hat. Und sie hat sich sehr geschmeichelt gefühlt. Das konnte man sehen. Unser Pfarrer ist aber auch ein sehr netter und attraktiver Mann. Leider ist er schon vergeben. Sie wissen schon: Zölibat und so."

„Wann war denn die Chorprobe?" fragte ich sie.

„Immer am Mittwochabend um 19:00 Uhr im Pfarrsaal."

„Und wie viele Mitglieder hat der Greisinger Kirchenchor?"

„Wenn alle da sind, und das ist leider nicht immer der Fall, dann sind wir 11 Sänger und Sängerinnen. Acht weibliche und drei männliche Sänger. Leider fehlen uns die Männer. Könnten ruhig mehr sein. Aber die gehen ja lieber zur Feuerwehr als zum Singen. Am Mittwoch ist ja auch gleichzeitig Zusammenkunft der Freiwilligen Feuerwehr von Greising im Vereinsheim. Da können wir leider nicht mithalten.

Herr Hart nickte zustimmend und fügte hinzu: „die Jugend ist eben eher fürs Feiern, Trinken und Zusammensein zu haben als für einen geistlichen Kirchenchoral."

„Da haben sie recht", unterstützte ich seine Aussage. „Aber das ist ein allgemeines Problem, nicht nur in Greising."

„Aber wer soll denn dann noch in der Kirche singen, wenn es keine Sänger und Sängerinnen mehr gibt?" wollte Frau Hart wissen.

„Dann gibt es eben keine Livekonzerte mehr, sondern nur noch Playback, wie das schon oft üblich ist," ergänzte Frau Stöcklgruber. „Da brauchen sie doch nur im Fernsehen die Musiksendungen anschauen: alles Playback und die Stars machen nur noch den Mund entsprechend auf, damit es noch echt aussieht, und das schaffen sie meistens auch nicht mehr synchron. Ich finde das so schade. Da geht eine wichtige Kultur den Bach hinunter."

Wir schweiften inzwischen total vom Thema ab. Ich übernahm daher wieder die Regie. "Haben sie sonst noch irgendetwas bemerkt, was uns weiterhelfen könnte?" wollte ich von Frau Hart wissen.

„Na ja, wenn sie mich so direkt fragen: es war schon sehr komisch. Nach dem Singen gehen wir Damen eigentlich immer geschlossen noch auf einen Ratsch zum Gasthof Geiss."

„Und Frau Schnarrer?" fragte ich interessiert.

„Das war ja das Komische: sie kam immer erst eine Viertelstunde oder so später nach. Was sie in der Zwischenzeit machte, das wissen wir nicht. Aber sie sah dann immer so glücklich aus. Natürlich fragten wir nach. Aber wir bekamen immer nur vielsagende Blicke zurück und ′Das geht euch gar nichts an` meinte sie nur ′das ist meine persönliche Angelegenheit`. Logisch, dass wir uns unsere eigene Meinung bildeten. Wir sind ja nicht blind. Aber ein Verhältnis mit unserem Herrn Pfarrer? Das konnten wir uns dann doch nicht vorstellen. Aber irgendetwas war bei ihr am Laufen. Und ihr Mann, der Franz, bekam auch nichts mit, denn er war ja am Mittwoch immer bei seiner Feuerwehr im Einsatz, als dessen Kommandant."

„Und wie lange geht das schon so?"

„Na bestimmt schon ein halbes Jahr, oder länger. Genau kann ich das nicht mehr sagen," antwortete Frau Hart.

„Tja, dann sollten wir noch unseren dritten Kartenspieler und anschließend unbedingt den Herrn Pfarrer, wie heißt er eigentlich?"

„Unser Pfarrer nennt sich Neumüller, Rudolf Neumüller. Er ist seit fünf Jahren der zuständige Pfarrer. Immer nett und zuvorkommend. Viel hat er ja bei uns nicht zu tun, wir sind halt nur eine kleine Gemeinde. Aber den Kirchenchor hat er super im Griff. Seit er ihn betreut, hat sich die Qualität bestimmt um 100 Prozent verbessert."

„Das ist ja alles schön und gut, hilft uns aber nicht entscheidend weiter. Also besuchen wir zunächst den dritten Kartenspieler und dann Pfarrer Neumüller. Einverstanden Frau Stöcklgruber?"

„Ja passt so," meinte sie lapidar.

Ich gab ihnen noch meine Visitenkarte und wir verabschiedeten uns von Herrn Hart. Frau Hart begleitete uns noch nach draußen und meinte abschließend: „Herr Kommissar, wenn sie noch Fragen haben, ich bin natürlich gerne bereit, ihnen und ihrer Kollegin zu helfen. Ein Mord in unserer Gemeinde, hier in Greising, das ist doch unmöglich! Bitte finden sie den Mörder baldmöglichst, damit wieder Ruhe bei uns einkehrt. Wir sind alle geschockt und können es nicht glauben."

Ich versprach ihr, dass wir alles in unserer Macht stehende unternehmen werden, um den Mordfall so schnell wie möglich aufzuklären.

Wir gingen in Richtung zu unserem Auto.

„Mina," wandte ich mich an Frau Stöcklgruber „das wird ja immer undurchschaubarer! Ein katholischer Pfarrer, die Frau des Feuerwehrkommandanten, die anscheinend fremd geht, und eine kleine Gemeinde, in der jeder jeden kennt. Ich kann mir auf das Gehörte noch keinen Reim machen. Wie geht es da dir?"

„Mir geht es genauso. Frau Schnarrer, sicher eine attraktive Frau. Aber in Greising eine Affäre zu beginnen? Mir persönlich wäre das viel zu riskant. Das kann man doch nicht verheimlichen. Vielleicht hat ja Herr Schnarrer von der Liebelei seiner Frau etwas mitbekommen und dann entsprechend reagiert. Aber der Anruf auf seinem Handy? Übrigens: haben wir sein Handy gefunden? Das wäre natürlich das Mosaiksteinchen, das uns sehr viel weiter bringen würde."

Wir setzten uns ins Auto und ich antwortete ihr: „Leider haben wir sein Handy nicht gefunden. Ich denke, das liegt am Grund des Greisinger Weihers. Sehr, sehr schade. Aber jetzt müssen wir halt ohne sein Handy klar kommen, und das werden wir!"

„Wenn du das sagst, dann machen wir das auch. Und ich bin dabei."

„Schön Mina, wenn du das auch so siehst. Jetzt fahren wir zu unserem dritten Schafkopf, wie heißt er gleich wieder?"

Sie blätterte in ihrem Notizblock und meinte: "Heinz Grocker, wohnt in der Arberstrasse 4. Ich geb die Adresse gleich in unser Navi ein. Kann ja nicht weit weg sein."

Fachmännisch tippte sie die Anschrift ein und wirklich, das Navi zeigte uns an, dass die Familie Grocker kaum 300 Meter von unserem Standort aus wohnte. Ich startete das Auto und fuhr die angezeigte Route. Eigentlich hätten wir den Weg auch zu Fuß zurücklegen können. Aber ich war es so gewohnt, dass das Auto immer in unmittelbarer Nähe sein musste. Es könnte ja ein dringender Fall passieren und dann …. Aber vielleicht war ich auch nur zu faul zum Gehen. Könnte natürlich auch sein.

Ich parkte das Auto vor dem kleinen, schmucken Einfamilienhaus und wir stiegen aus. Ich klingelte und es dauerte eine Weile, bis sich die Türe öffnete.

„Ja bitte?" begrüßte uns eine ältere, grauhaarige Frau.

„Frau Grocker?" meldete ich mich zu Wort. Sie nickte zustimmend. „Wir sind von der Mordkommission aus Deggendorf und hätten ein paar Fragen an ihren Mann. Ist er denn da und zu sprechen?"

„Um was geht´s denn?" fragte sie interessiert.

„Es geht um den Herrn Schnarrer. Wie sie sicher wissen, ist er letzte Nacht tot aufgefunden worden und wir ermitteln in dem Fall".

Sie machte uns die Türe jetzt so weit auf, dass wir eintreten konnten. Sie führte uns in die gute Stube, wie sie meinte, und wir setzten uns auf die angebotene Eckbank.

„Ich hole nur schnell meinen Mann. Er ist unten im Keller und bastelt an seinem Modellflugzeug. Ahhh … kann ich ihnen etwas zum Trinken anbieten? Wasser, Saft, Kaffee, Tee?"

Wir lehnten dankend ab und sie ging zur Türe hinaus um ihren Mann zu holen.

„Du Mina, ich bin jetzt gespannt, ob die Familie Grocker auch so einen Verdacht hat, wie die beiden anderen. Übrigens habe ich eine Nachricht von Frau Unholzer bekommen, dass der Bericht der KTU vorliegt. Sie schickt ihn mir per E-Mail. Aber wie du dir vorstellen kannst, ist das Funknetz hier in der Provinz nicht das Beste. Also warten wir, bis wir wieder ein besseres Netz haben. Ist ja auch nicht so pressant."

Jetzt kam Frau Grocker mit ihrem Mann, einem etwa 60-jährigen, gemütlich aussehenden Mann zur Türe herein.

Wir stellten uns jetzt auch ihm vor und ich begann das Gespräch: „Herr Grocker. Sie können sich sicherlich vorstellen, warum wir hier sind. Herr Schnarrer war ja Mitglied in ihrer Schafkopfrunde und sie, ihre Kollegen und Herr Geiss waren die letzten, die ihn lebend gesehen haben, am Montagabend. Können sie mir beschreiben, wie und was so gegen 23 Uhr passierte?"

„Ja, natürlich," antwortete er „wir spielen ja jeden Montag im Gasthof Geiss Schafkopf. Das wissen sie ja bestimmt schon. Und der Franz, der Herr Schnarrer, hatte einen richtigen Lauf, wenn sie wissen was ich meine. Ein Wenz und ein Solo nach dem anderen. Wir drei Mitspieler waren so richtig Statisten, die nur zahlen durften. So etwa um halb elf klingelte plötzlich sein Handy, er stand auf um das Gespräch anzunehmen und ging zum Telefonieren in den Nebenraum. Schon das war komisch, denn anscheinend wollte er nicht, dass wir etwas mitbekamen, obwohl wir sonst keine Geheimnisse voreianer haben. Als er zurück kam, bat er den Alois, also den Herrn Geiss, dass er für ihn weiterspielen sollte. Er nahm sein Geld aus dem Schüsserl und ohne ein Wort, obwohl wir natürlich von ihm wissen wollten, was los ist, verließ er eilig den Gastraum. Das war schon irgendwie befremdend, das waren wir von ihm auch nicht gewohnt. Wenn ich jetzt daran denke, dann tut es mir verdammt leid, dass wir uns nicht von ihm verabschieden konnten, oder er von uns von. Der Franz war doch so eine gute Haut, auch wenn er beim Schafkopfen meistens gewonnen hat, der Striezi."

„Ist ihnen sonst noch etwas aufgefallen?" fragte ich nach. „haben sie von dem Telefonat etwas mitbekommen? Vielleicht eine Stimme gehört? Wäre super, wenn wir wüssten ob eine Frau oder ein Mann ihn angerufen haben. Warum ist er so überhastet aufgebrochen? Was war der Grund? Und eine Stunde später ist er tot. Der Anruf steht in unmittelbarem Zusammenhang mit seiner Ermordung. Da sind wir uns ganz sicher."

„Nein, er ist ja in den Nebenraum gegangen und so konnten wir nicht verstehen, um was es ging oder wer da am Telefon war. Aber es war sicher ein sehr wichtiger Anruf, weil er ja danach total durcheinander war."

„Anderes Thema: Frau Grocker, singen sie auch im Greisinger Kirchenchor?" wollte ich von ihr wissen.

„Ja klar," antwortete sie prompt und erfreut. „Ich bin seit über 20 Jahren schon mit dabei und seit der Herr Pfarrer den Chor leitet, macht es so richtig Spaß. Er fordert uns zwar ganz schön, aber ich denke, wir können uns wirklich hören lassen."

„Haben sie im Lauf der Zeit auch festgestellt, dass die Frau Schnarrer sich irgendwie anders verhalten hat? Könnte es sein, dass der Herr Pfarrer und sie ….?"

„Wer erzählt denn so einen Schmarrn", gab sie entrüstet von sich. „Natürlich hat der Herr Pfarrer sich mehr um die Frau Schnarrer gekümmert. Schließlich hat sie doch auch die beste Stimme von uns und hat deshalb auch viele Solostimmen übernommen. Aber dass der Herr Pfarrer und sie … nein, das kann ich mir beim besten Willen nicht vorstellen."

„Liebe Frau Grocker," mischte sich Frau Stöcklgruber in das Gespräch ein „aber attraktiv und umschwärmt war er schon, der Herr Pfarrer, oder?"

„Ja klar, er ist ein toller, gebildeter Mann und wir haben viel Spaß mit ihm. Er hat auch immer betont, dass er uns alle sehr gern hat und wir ihm ans Herz gewachsen sind. Na ja, die Zenzi, also die Frau Schnarrer, hat ihm schon sehr schöne Augen gemacht, wenn sie wissen, was ich meine. Ist ja auch eine tolle Frau. Und singen kann sie auch noch. Da können wir anderen leider nicht mithalten."

„Ja Frau Grocker, das kann ich gut verstehen. Dass sie nach der Probe immer etwas später zu ihrem geselligen, abschließenden Beisammensein kam, hat sie auch nicht neugierig gemacht?"

„Nein, eigentlich nicht. Sicher hatte sie, als erste Stimme im Chor, immer etwas noch mit dem Herrn Pfarrer zu besprechen. Aber wenn ich so zurückdenke, komisch war nur, dass sie dann immer total aufgedreht und gut gelaunt war. Normalerweise war sie eher zurückhaltend und in sich gekehrt. Das ist uns allen aufgefallen. Aber was sollte schon sein? Der Herr Pfarrer hat ja sein Zölibat und da hat eine Frau keine Chance dagegen, oder?"

„Tja", meinte Frau Stöcklgruber verständnisvoll „ein Pfarrer ist halt auch nur ein Mensch und für mich wäre so eine Affäre, falls es eine gab, sowieso nicht nachvollziehbar. So eine kleine Gemeinde, wo jeder jeden kennt und sicher nichts geheim gehalten werden kann. Aber man weiß ja nie. Die Liebe findet immer einen Weg, auch wenn er noch so steinig und mühselig ist."

Frau Grocker nickte bejahend.

Ich stellte fest, dass wir hier nicht weiterkommen konnten und wollte uns gerade verabschieden, als Herr Grocker sich meldete: „also das mit dem Herrn Pfarrer und der Frau Schnarrer. Da fällt mir gerade ein, dass ich den Herrn Pfarrer vor etwa zwei Wochen abends gesehen habe, als er mit seinem Radl zum Haus der Familie Schnarrer geradelt ist. Ich kam gerade von einer Feuerwehrsitzung wegen dem neuen Vereinsheim und bin früher gegangen, weil mich das alles total nervte. Immer die gleichen Argumente und der Franz war total dagegen und ließ keine Meinung zum Neubau zu. Der Herr Pfarrer hat immer umgeschaut, ob ihn auch niemand beobachten würde und hat dann sein Fahrrad in der Garage abgestellt. Ich hatte mich so versteckt, dass er mich auch nicht sehen konnte, denn interessant war das schon. Das habe ich dir noch gar nicht erzählt," wandte er sich an seine Frau, die sehr interessiert seinen Ausführungen folgte.

„Er hat dann am Fenster geklopft und die Zenzi hat ihm aufgemacht. Mehr habe ich leider nicht gesehen."

„Vielen Dank, Herr Grocker," beendete ich das Gespräch „sie haben uns Beide sehr viel weitergeholfen. Sollten sie noch etwas vergessen haben, so können sie sich natürlich jederzeit bei uns melden." Ich gab ihm meine Visitenkarte und wir verabschiedeten uns.

Frau Grocker brachte uns noch zur Haustüre und wir stiegen in unser Auto.

„Mina, also ich denke, wir sollten jetzt auf jeden Fall mit dem Herrn Pfarrer reden. Irgendetwas ist hier faul. Was denkst du?"

„Also der liebe Herr Pfarrer ist anscheinend dem weiblichen Geschlecht nicht ganz abgeneigt. Das Zölibat ist ihm gewissermaßen nicht so wichtig. Aber dafür jemanden töten? Das wäre jetzt doch etwas zu viel für einen Mann Gottes. Ich bin ja gespannt, wie er reagiert, wenn wir ihn mit den bisherigen Aussagen konfrontieren. Aber das da was dran ist, ist mehr als wahrscheinlich. Aber wenn er nicht der Täter ist, wer dann?"

„Dafür bräuchten wir auf jeden Fall den letzten Anrufer. Ich werde Frau Unholzer bitten, eine Funkzellenauswertung zu beantragen. Herr Doktor Hofer sollte dies übernehmen. Ich hoffe, dass sie nicht zu lange dauert. Aber normalerweise bekommen wir das Ergebnis immer erst einen Tag später, also frühestens morgen. Ich rufe sie gleich mal an."

Ich telefonierte umgehend mit Frau Unholzer und bat sie, mit Herrn Doktor Hofer diese Funkzellenauswertung schnellstmöglich zu bewerkstelligen. Die Handynummer von Herrn Schnarrer hatte sie bereits und sie versprach mir, sofort mit dem Staatsanwalt zu telefonieren.

Anschließend startete ich das Auto und wir fuhren zu der Greisinger Kirche, die nicht im Ortsbild zu übersehen war.

Ich parkte das Auto vor dem an die Kirche angebauten Haus und wir stiegen aus. Wie vermutet, war dies die richtige Adresse, wie ich an dem Namensschild erkennen konnte und ich klingelte.

Es öffnete uns ein Mann in einem dunklen Jogginganzug, ich schätzte ihn auf Mitte dreißig, volles, dunkles Haar und ein nettes, offenes Gesicht.

„Sie wünschen?" begrüßte er uns.

„Ich bin Kommissar Breslmaier und das ist meine Kollegin, Frau Stöcklgruber. Wir sind von der Mordkommission aus Deggendorf und ich nehme an, sie sind der örtliche Pfarrer."

„Ja, das bin ich. Ich nehme an, sie sind etwas verwirrt wegen meiner Kleidung. Aber in meiner Freizeit habe ich meistens etwas Bequemes an und den ganzen Tag muss man ja nicht in seiner Dienstkleidung herumlaufen, vor allem wenn man sich in den eigenen Räumen bewegt. Womit kann ich ihnen behilflich sein?"

„Wir hätten einige Fragen an sie bezüglich des Mords an Herrn Schnarrer, wovon sie sicher schon gehört haben."

„Ja natürlich habe ich das. Bei unserer kleinen Gemeinde macht so etwas schnell die Runde. Und meine Haushälterin, die Frau Greidinger, ist immer bestens informiert und versorgt mich mit den aktuellen Nachrichten. Aber jetzt kommen sie herein. Ich gehe ihnen voraus." Damit öffnete er die Türe, ließ uns eintreten und zeigte uns den Weg in das gemütliche Wohnzimmer.

Er bot uns die Plätze auf der Couch an und wir setzten uns.

„Möchten sie etwas zu trinken? Kaffee, Wasser?"

„Ja, ich hätte gerne ein Wasser, wenn es ihnen nichts ausmacht," nahm ich sein Angebot an. Frau Stöcklgruber verzichtete und so ging Herr Neumüller in die angrenzende Küche und holte mir ein Glas Wasser.

Er stellt mein Glas auf den Tisch und begann: „also, was wollen sie von mir wissen? Womit kann ich ihnen helfen?"

„Herr Neumüller," wandte ich mich an ihn „oder soll ich besser sagen, Herr Pfarrer Neumüller?"

„Nein, nein, nur Neumüller ist auch OK, ganz wie sie wollen."

„Also Herr Neumüller. Wo waren sie gestern Abend, so gegen neun Uhr?"

Er zuckte etwas zusammen, anscheinend war ihm die Frage unangenehm, was ich auch erwartet hatte.

„Ähhh … ich war bei Frau Schnarrer um mit ihr die nächste Probe zu besprechen. Sie singt ja im Kirchenchor und hat bei einigen Stücken die Solostimme. Und daher musste ich mit ihr noch einiges durchgehen."

„Und sonst war da nichts?" setzte ich nach.

„Na ja, wir verstanden uns ganz gut und da bleibt es nicht aus, dass man sich näher kommt, wenn sie verstehen, was ich meine."

„Ja natürlich verstehen wir das. Aber ich müsste das noch genauer wissen: hätte Herr Schnarrer einen Grund für seine Eifersucht gehabt?" fragte ich ihn vorsichtig.

Herr Neumüller brauchte etwas Zeit zum Überlegen „Herr Kommissar, wie viel wollen sie und müssen sie denn wissen? Als Pfarrer, und das bin ich wirklich von Herzen gerne, bin ich der Wahrheit verpflichtet und kann es meinem Gewissen gegenüber nicht verantworten, dass ich ihnen nicht die Wahrheit sage."

„Also ich wüsste schon gerne die Wahrheit. Hatten sie nun mit Frau Schnarrer eine Affäre oder nicht?"

„Ja, ….. ich hatte eine Affäre mit ihr. Es hat sich im Laufe der Zeit einfach so ergeben. Zuerst wollte ich nicht, aber ich bin halt auch nur ein Mann und Frau Schnarrer hat mich mit all ihren Mitteln umgarnt. Und irgendwann ist es dann passiert. Und es fühlte sich nicht falsch an, ich habe es genossen. Für mich war es total ungewöhnlich, aber Frau Schnarrer, die Cecilia, war, oder ist, eine wunderbare, einfühlsame und verständige Frau. Wir hatten auch Pläne, aber die sind ja wohl nun ad Acta gelegt."

„Ihre Pläne interessieren mich nicht, aber was mich interessiert ist, was ist in der Mordnacht passiert. Wann sind sie von Frau Schnarrer weg?"

„Also es war so gegen 22:30 Uhr, aber so genau kann ich es nicht sagen. Wir haben uns immer früh voneinander verabschiedet, damit Herr Schnarrer uns nicht miteinander sieht und kein Verdacht aufkommt. Denn das wäre total peinlich gewesen."

„Haben sie beim Weggehen irgendetwas bemerkt oder gesehen?"

„Nein, eigentlich nicht. Es war wie immer, nur beim Nachbarn war noch Licht an. Aber das war nicht ungewöhnlich, denn der Rudi, der Kreumoser Rudi, war ein Fernsehfreak. Fernsehen bis zum Umfallen."

„Frau Stöcklgruber," wandte ich mich sie „den Herrn Kreumoser hatten wir noch nicht auf unserer Liste. Sollten wir auf jeden Fall auch befragen. Aber die Nachbarn wären sowieso morgen fällig gewesen. Man weiß ja nie."

Frau Stöcklgruber nickte, holte ihren Notizblock aus ihrem Jackett und notierte sich den Namen.

„Also fiel ihnen nichts Besonderes auf. Hatten sie in der Zwischenzeit nochmal Kontakt mit Frau Schnarrer?" setzte ich das Gespräch fort.

„Nein, was denken denn sie! In der jetzigen Situation! Natürlich werde ich das Gespräch mit ihr suchen. Es geht ja um die Beerdigung vom Franz und da gibt es Einiges zu besprechen. Das ist ja auch meine Aufgabe."

„Herr Pfarrer Neumüller, haben sie eine Ahnung, wer Herrn Schnarrer so etwas Schlimmes antun könnte? Warum bringt Jemand Herrn Schnarrer um? Aus welchem Grund?"

„Da kann ich ihnen leider nicht weiterhelfen. Ich kenne niemand in der Gemeinde, dem ich einen Mord zutrauen würde. Es sind alles bodenständige und nette, hilfsbereite Mitmenschen. Daher bitte, finden sie den Mörder baldmöglichst. Es ist momentan so eine komische Stimmung und das hatten wir noch nie."

„Wir tun unser Möglichstes. Aber zaubern können wir leider auch nicht. Vielen Dank Herr Pfarrer für die Auskunft. Wir behandeln natürlich ihre Aussage vertraulich und da können sie sich auf uns verlassen. Sollte ihnen noch etwas einfallen, so können sie uns natürlich jederzeit erreichen."

Ich gab ihm meine Visitenkarte und wir verabschiedeten uns von ihm. Er gab uns noch ein ′Gott segne sie` mit auf dem Weg und so gesegnet machten wir uns auf den Weg zu unserem Auto.

„Na das ist ja ein Ding," wandte ich mich an Frau Stöcklgruber „ein Pfarrer, der ein Verhältnis zu einer verheirateten Frau hat! Und die Frau ist die Frau des Mordopfers! Das wird ja immer verrückter. Natürlich hätte der Herr Pfarrer einen Grund, den Herrn Schnarrer auf die Seite zu schaffen. Aber ich kann mir das beim besten Willen nicht vorstellen. Also für mich scheidet er als Täter aus. Aber wer dann?"

„Franz, vielleicht haben wir einfach etwas übersehen. Lass uns das Ganze einmal überschlafen. Morgen ist auch noch ein Tag und dann haben wir auch wieder den Kopf frei. Hast du heute Abend schon etwas vor? Beim Koller in Aschenau gibt es heute Ochsenbratl. Eine echte Spezialität. Was meinst du?"

„Hmmm Mina, da läuft mir doch glatt das Wasser im Mund zusammen. Ochsenbratl! Aber ja, sehr gerne. Meine Claudia ist heute sowieso mit ihren Freundinnen unterwegs, also können wir gerne nach Aschenau fahren. Sollen wir gleich los?"

„Na ja, noch ein bisschen zu früh, denke ich. Es ist ja erst halb fünf. Wir sollten vielleicht noch im Büro vorbeischauen und mit Frau Unholzer die nächsten Schritte besprechen, oder?"

„Na gut, wenn du meinst. Machen wir. Ich fahr dann schon mal los."

Ich startete das Auto und wir fuhren in Richtung Deggendorf. Es herrschte normaler Verkehr und wir kamen gut voran. Im Büro telefonierte ich noch mit Frau Unholzer und sie bestätigte uns, dass die Funkzellenauswertung bereits läuft und wir morgen mit einem Ergebnis rechnen können. Frau Doktor Krankl hat den Bericht der KTU bereits geschickt und er liegt in meinem Fach. Aber das wollte ich mir heute nicht mehr anschauen. Das hätte auf jeden Fall bis morgen Zeit. Wir fertigten noch einen Bericht über die Zeugenaussagen an, wobei ich mir Herrn Pfarrer Neumüller und den Herrn Giglbauer, den als ersten aufgesuchten Schafkopfspieler, vornahm und Frau Stöcklgruber den Rest.

Es war inzwischen Dreiviertelsechs und wir beendeten unsere Arbeit für heute.

Gut gelaunt fuhren wir nach Aschenau zum Gasthof Koller um uns mit einem Ochsenpfandl verwöhnen zu lassen. Es war auch nicht viel los und so setzten wir uns an einen Tisch den uns die nette Bedienung zuwies.

„Ach Mina, ich habe gar nicht gewusst, dass ich so einen Hunger habe."

Wir bestellten zweimal das Ochsenpfandl, ein Weißbier und ein stilles Wasser.

„Ich weiß nicht, wie es dir geht Mina, aber ich kann einfach nicht abschalten," meinte ich resigniert. „Ich denke die ganze Zeit über unseren Fall nach und ich komme nicht weiter."

Die Bedienung servierte unsere Getränke und wir nahmen beide einen kräftigen Schluck.

„Ach Franz, mir geht es doch genauso. Aber wir sollten den Kopf irgendwie frei bekommen, denn es gibt auch noch andere Dinge die es wert sind, dass man darüber nachdenkt."

„Na klar, ahh ….. da fällt mir ein, was du mich schon vor längerer Zeit einmal gefragt hast, und da habe ich mich inzwischen kundig gemacht: woher mein Nachname Breslmaier kommt. Also eigentlich kommt der Name in erster Linie in Österreich vor. Aber dort nicht Breslmaier, sondern Breslmair. Der Name Breslmair ist anscheinend bei Musikern sehr bekannt, denn die Firma Breslmair stellt Mundstücke für Blasinstrumente in Handfertigung her. Mein Vater war ein echter Deggendorfer, aber mein Urgroßopa, das hat mir meine Mutter erzählt, kam aus Österreich. Und ich denke, in den Wirren des ersten Weltkriegs, ist bei der Flucht nach Bayern, aus dem Mair ein Maier geworden. Und das Wort Bresl kommt von Brösel und das habe ich darüber im

Internet gefunden. Moment, ich habe es kopiert und lese es dir vor." ....

Ich nahm mein Handy und öffne die entsprechende Seite.

„Die Vorstellung von Brösel stresst uns Österreicher anscheinend so sehr, dass wir den Begriff mittlerweile auch ab und an als Synonym für Problem verwenden. Man kann also zum Beispiel Bresl mit jemandem haben oder auch Bresl machen. Ist das nicht unglaublich? Dann bin ich, wenn man es genau nimmt, eigentlich der Problemmacher Maier. Was meinst du dazu?"

Frau Stöcklgruber lachte laut und meinte glucksend: „das habe ich doch schon immer gewusst, dass du nicht der Problemlöser, sonder der Problemmacher bist. Aber Spaß beiseite. Du bist schon derjenige, der mit scharfem Verstand und Kombinationsgabe auch die schwierigsten Fälle löst, also eigentlich die Brösel einsammelst und sie zu einer Lösung zusammensetzt. Aber willst du auch wissen, was mein Name bedeutet oder wo er herkommt?"

„Na klar, lass hören."

„Also der Name besteht aus zwei Wörtern, nämlich Stöckl und Gruber. Gruber kommt auch aus dem alpenländischen Raum und bedeutet so viel wie: Grube, Steinbruch, Bodensenke oder Schlucht. Also wohnten meine Vorfahren wahrscheinlich in einer Schlucht und der Name Stöckl wiederum, mit dem bezeichnete man ein kleineres Herrenhaus oder das Nebengebäude eines Schlosses. Alles klar? Vielleicht waren meine Urahnen Bedienstete für Adlige, die in einem Nebengebäude eines Schlosses wohnten. Doch nicht schlecht, oder?"

„Na das ist ja sehr interessant. Und weißt du auch etwas über deinen Vornamen?"

„Natürlich, was denkst denn du. Ist ja auch nicht so üblich, oder?"

„Ja, richtig. Unüblicher schon, als wie Franz."

Lachend fuhr Frau Stöcklgruber fort: „also Philomena kommt aus dem Griechischen. Der Name setzt sich aus den beiden Wortteilen „phílos" für „Freund" und „ménos" für „Mut, Kraft, Stärke" zusammen, was man als „Freundin des Mutes" bezeichnen könnte. Er kann aber auch als „Geliebte" oder „den Eifer liebende, ungestüme Frau" gelesen werden. Na, was sagst du jetzt? Der Name passt doch zu mir, oder?"

„Und ob! Besser hättest du es nicht treffen können. Die Freundin des Mutes! Ich denke, deine Eltern wussten schon, warum sie dir den Vornamen gegeben haben. Dein Weg zur Mordkommission war damit eigentlich schon vorbestimmt. Also, da bin ich wirklich baff!"

Die Bedienung kam mit zwei großen Pfännchen, mit unseren Ochsenpfandln. Es schmeckte ausgezeichnet und wir verbrachten einen gemütlichen Abend, der uns beide etwas von unserem aktuellen Fall ablenkte und uns sichtlich gut tat.

TAG 3, Mittwoch 22. Mai 2019

Ein neuer Tag, der uns hoffentlich der Aufklärung unseres aktuellen Falls näher bringt. Es war noch früh am Morgen. Ich war diesmal sogar, entgegen meiner normalen Gewohnheiten, vor Frau Stöcklgruber im Büro.

Interessiert holte ich mir den Bericht der KTU aus meinem Fach und schlug ihn auf. Ich überflog die mir bereits bekannten Details und blieb an einer Ausführung von Frau Doktor Krankl hängen:

'Der Mord wurde mit einer Tatwaffe ausgeführt, die scharfkantig, circa fünfzehn Zentimeter lang und fünf Zentimeter breit ist. Sie besteht aus einer Eisenlegierung. Einzelne Partikel der Waffe konnte ich in der Wunde feststellen. Der Schlag traf den Hinterkopf in Richtung des Ohres. Auf der Außenseite des Schädels ist dort eine deutliche Mulde sichtbar; von innen betrachtet ist der Defekt typischerweise größer als außen: Scharfkantige, durch die Wucht des Schlages ausgesprengte Knochenfragmente sind ins Schädelinnere eingedrungen. Diese durchstießen mit Sicherheit die Hirnhaut (Dura mater), was starke Blutungen verursachte, an denen der Mann vermutlich verstarb. Der Tod setzte innerhalb kürzester Zeit ein. In der Lunge war ein Wassereintritt nicht feststellbar. Ein nachträgliches Ertrinken ist damit ausgeschlossen. Ein einziger Schlag genügte um den Tod des Opfers zu verursachen`.

Was konnte das nur sein? Es musste etwas sein, das mit einem langen Stab verbunden war, denn die Wucht des Schlags war enorm. Ein Stück Eisen mit einem Holz- oder einem angesetzten Eisenstab. Ich hatte keine Idee. Vielleicht konnte mir Frau Stöcklgruber weiterhelfen.

Kaum hatte ich das leise vor mich hingemurmelt, ging auch schon die Türe auf und Frau Stöcklgruber kam gut gelaunt herein.

„Hey Franz, du heute schon da? Was ist denn passiert? So kenne ich dich ja gar nicht. Aus dem Bett gefallen?"

„Guten Morgen, liebe Mina. Ich konnte nicht länger schlafen und habe über verschiedene Dinge nachgedacht und da ich auf keine Lösung kam, habe ich beschlossen, mich nicht länger hin und her zu wälzen und so bin ich früher als sonst ins Büro aufgebrochen. Und jetzt sitze ich hier und komme auch auf keine Lösung. Und ich hoffe, dass du mir weiterhelfen kannst. Du bist meine Rettung!"

Frau Stöcklgruber hängte ihre Jacke in den Schrank und setzte sich an ihren Schreibtisch.

„Jetzt lass mal hören, was dich so beschäftigt. Hat Frau Doktor Krankl irgendetwas Besonderes gefunden?"

„Ja, das hat sie. Die Mordwaffe ist, laut ihrer Feststellung, ein aus Eisen bestehendes, scharfkantiges Ding, wo ich mir beim besten Willen nicht vorstellen kann, was es ist. Aber lies selber."

Damit schob ich den Bericht zu ihr hinüber und deutete auf den Absatz, der mich so beschäftigte und mich ratlos machte. Was könnte das nur sein?

„Franz, da habe ich momentan auch keine Ahnung. Aber sollten wir nicht als Erstes uns mit Staatsanwalt Doktor Hofer zusammensetzen und alles, was wir in der Zwischenzeit erfahren haben, mit ihm zusammen diskutieren und auf unserem Flipchart notieren? Vielleicht kommen wir so weiter."

„Gute Idee, Mina. Du hast wie immer Recht. Ich rufe Herrn Doktor Hofer an und frage ihn, ob er jetzt Zeit für eine Besprechung hat."

Ich griff zum Telefon und tippte die Kurzwahlnummer für das Vorzimmer von Herrn Doktor Hofer ein. Seine Sekretärin nahm auch umgehend das Gespräch an und vermittelte mich an den Staatsanwalt weiter.

„Herr Breslmaier, schön sie zu hören. Was gibt es?"

„Guten Morgen Herr Doktor Hofer," meldete ich mich freundlich „wir würden sie gerne bei einer Besprechung mit dabei haben. Es geht um den Mordfall am Greisinger Weiher, na sie wissen schon, mit dem Mordopfer, dem Vorstand der Greisinger Feuerwehr."

„Ja, natürlich, jetzt gleich?"

„Wenn es ihnen passt, sofort. Sollen wir zu ihnen ihr Büro kommen? Wir bringen auch sämtliche Unterlagen mit. Ein Flipchart ist doch sicherlich vorhanden. oder?"

„Ja klar, lasse ich von Frau Soller aufstellen. Also alles paletti. Rollen sie an."

„Bis gleich", verabschiedete ich mich von ihm. Frau Stöcklgruber, die das Gespräch mitgehört hatte, sammelte auch schon alle erforderlichen Unterlagen ein und stand auf.

„Also nichts wie auf in den Kampf," bemerkte sie noch und ging bereits flotten Schrittes in Richtung Türe.

„Mina, warte noch einen Moment," rief ich ihr hinterher. „Ich suche nur das Gesprächsprotokoll vom Pfarrer Neumüller. Irgendwo auf meinem Tisch …. ahh, da ist es. Wir können los."

Wir gingen hoch zum Büro von Herrn Doktor Hofer und klopften an. Frau Soller begrüßte uns freundlich und brachte uns zu ihm in sein Büro.

„Schön sie beide zu sehen, so früh am Morgen," meinte er gut gelaunt. „Der frühe Vogel … Was gibt es Neues in unserem Fall? Neue Erkenntnisse?"

„Ja und nein," übernahm ich das Gespräch. „Es gibt neue Erkenntnisse über die Tatwaffe, aber wir wissen nicht, was es sein könnte. Vielleicht können sie uns weiterhelfen. Aber ich würde sie gerne auf den aktuellen Stand bringen. Ah, ich sehe, das Flipchart ist schon aufgebaut. Darf ich?"

Herr Doktor Hofer nickte und ich stand auf und nahm einen der Stifte, die auf der Ablage lagen, zur Hand.

„Ich fange erst mal ganz vorne an. Wir haben das Mordopfer, den Herrn Schnarrer," ich schrieb den Namen ganz oben auf das Chart mit dem schwarzen Stift. „Interessant ist seine Frau, Cecilia Schnarrer." Ich machte einen Pfeil und schrieb ihren Namen links auf das Blatt. „Und hier gibt es eine Verbindung zu dem örtlichen Pfarrer, Herrn Neumüller, der anscheinend einen Affäre mit Frau Schnarrer hatte, oder hat."

Noch ein Pfeil und den Namen schrieb ich unter den von Frau Schnarrer.

„Der Herr Pfarrer war am Mordabend bei Frau Schnarrer, wie er selber zugab. Uhrzeit: von etwa 7:30 bis etwa 11:00 Uhr abends." Die Zeiten schrieb ich auf den Pfeil.

„Herr Schnarrer bekam den Anruf, der ihn zum sofortigen Aufbruch von seiner Schafkopfrunde veranlasste, um etwa 11:00 Uhr, also ziemlich zur selben Zeit, als Herr Neumüller sich von Frau Schnarrer verabschiedete. Und hier haben wir das Puzzleteil, das uns fehlt: wer hat ihn angerufen? Wir wissen auch, dass Herr Schnarrer sehr eifersüchtig war, zu Recht, wie uns die Ermittlungen gezeigt haben. Er ist also vom Schafkopfen übereilt aufgebrochen und auf dem schnellsten Weg heim zu seiner Frau, wo sich Herr Pfarrer Neumüller gerade verabschiedet hatte. Wir denken, dass er ihn nicht mehr angetroffen hat. Also scheidet der Herr Pfarrer als Täter aus, auch seine Aussagen bekräftigen das und er ist absolut glaubwürdig."

„Aber wer hat ihn angerufen?" wollte Herr Doktor Hofer wissen.

„Tja, das wüssten wir auch gern. Aber darauf sollten wir baldmöglichst eine Antwort bekommen. Sie haben doch gestern, auf Anfrage von Frau Unholzer, eine Funkzellenauswertung beantragt. Und das Ergebnis sollten wir heute bekommen. Wenn wir den Anrufer haben, können wir auf jeden Fall weiter ermitteln. Übrigens das Handy von Herrn Schnarrer vermuten wir auf dem Grund des Greisinger Weihers. Das wäre natürlich auch eine Option gewesen. Auf jeden Fall hat die Spusi Schleifspuren am Uferrand festgestellt und Frau Doktor Krankl hat in seiner Jeans und an seiner Jacke ebenfalls Partikel Erde und Gras gefunden, was sich mit der Spusi deckt. Demnach ist der Fundort nicht auch der Tatort. Wir vermuten, dass er, wo auch immer, erschlagen wurde und dann mit einem Auto zum Greisinger Weiher transportiert und dort entsorgt wurde. Laut Frau Doktor Krankl hatte er noch Luft in der Lunge und daher ist er, so stellt sie es dar, zunächst untergetaucht, aber später wieder an die Oberfläche gekommen. Außerdem hatte er im Gasthaus Geiß noch zu Abend gegessen und die Verdauung hatte bereits eingesetzt und die produzierte ebenfalls Gase, die zusammen mit der Luft in der Lunge, der Leiche den entsprechenden Auftrieb verlieh, so dass Herr Mader gestern früh die Leiche entdecken konnte. Glück gehabt."

„Also haben wir drei große Rätsel: einmal den Tatort, zum zweiten den ominösen Anrufer und zum dritten, die Tatwaffe", bemerkte Herr Doktor Hofer. „Und natürlich den Täter, denn ich kann mir nicht vorstellen, welches Motiv der Mörder gehabt haben könnte, um Herrn Schnarrer zu töten. Der Liebhaber seiner Frau war ja längst schon über alle Berge. Vielleicht sollten wir nochmal den Heimweg des Herrn Schnarrer genauer untersuchen, denn vom Verlassen des Gasthofs bis zum Eintreffen zuhause, wenn er überhaupt so weit gekommen ist, wissen wir nichts. Hat ihn niemand gesehen?"

„Nein, bisher haben wir keinen Hinweis bekommen," antwortete ich. „Also warten wir auf die Funkzellenauswertung. Auf jeden Fall fahren wir nochmal nach Greising und werden die Nachbarn befragen, ob sie etwas bemerkt oder gesehen haben. Ansonsten heißt es abwarten und die Einwohner beruhigen, denn Greising ist momentan im Ausnahmezustand. Aber jetzt noch abschließend zur Tatwaffe. Herr Schnarrer wurde mit einem sehr kräftigen Schlag, der von hinten ausgeführt wurde, erschlagen. Die Tatwaffe, so hat es uns Frau Doktor Krankl in ihrem Bericht beschrieben, ist ein circa 15 cm, scharfkantiges Stück Eisen. Um die Wucht zu erzielen, die man benötigt, um den tödlichen Schlag ausführen zu können, muss an diesem Eisen laut Frau Doktor Krankl, ein Stiel oder ähnliches befestigt sein. Ich zeichne das mal so auf, wie ich es mir vorstelle."

Ich malte die vermeintliche Tatwaffe so gut auf, wie ich es mit meinen bescheidenen Talenten konnte. Aber man konnte sich auf jeden Fall eine Vorstellung davon machen.

„Na ja, zumindest kann man sich nun einen Eindruck von der Tatwaffe machen," pflichtete mir Herr Doktor Hofer bei. „Was sagen denn sie zu dem Fall, Frau Stöcklgruber. Sie haben doch immer einen scharfen Verstand und gute Ideen. Ich habe von ihnen noch gar nichts gehört."

„Also ich bin, genauso wie Herr Breslmaier, momentan ratlos. Beim Herrn Pfarrer bin ich auch der Meinung, dass er als Täter nicht in Frage kommt. Die Frau Schnarrer ist eine sehr interessante und attraktive Frau. Aber, dass sie ihren Mann erschlägt? Nein, auf keinen Fall. Das würde sie total überfordern. Eine Frage hätte ich noch an sie: spielen sie nicht auch Golf Herr Doktor Hofer? Ich denke, ich habe da in der Vergangenheit etwas mitbekommen. Die Kollegen haben sich darüber unterhalten."

„Ja," antwortete er „seit letzten Sommer bin ich im Golfclub auf der Rusel als Mitglied unterwegs und ich kann ihnen beiden nur raten: probieren sie den Sport einmal aus. Es macht unheimlich Spaß und lässt einen nicht mehr los. Aber warum wollten sie das wissen, Frau Stöcklgruber?"

„Na ja, wir haben bei der Familie Schnarrer im Gang eine, wie sagt man? Eine Golftasche?"

„Ein Golfbag".

„Ja, ein Golfbag gesehen. Angeblich von ihrem Sohn. Könnte man nicht mit einem Schläger aus dem …. Golfbag den Herrn Schnarrer …"

„Ja natürlich" pflichtete ihr Herr Doktor Hofer begeistert bei. „Das was Herr Breslmaier da gezeichnet hat, sieht einem Putter sehr ähnlich. Das könnte schon möglich sein! Warum habe ich das nicht gleich erkannt?"

„Das ist ja ein Ding," mischte ich mich jetzt ein „wenn das wirklich so ist, dann müssten doch auf dem Schläger Spuren zu finden sein. Ich hoffe natürlich, dass der Schläger noch vorhanden ist und noch nicht entsorgt wurde. Damit wäre wahrscheinlich auch der Tatort gefunden. Wir brauchen unbedingt einen Durchsuchungsbeschluss und sollten auf jeden Fall die Spusi sofort auf die neuen Erkenntnisse ansetzen. Außerdem sollten wir Frau Doktor Krankl von der KTU mit der Untersuchung der Tatwaffe beauftragen. Können sie das veranlassen, Herr Doktor Hofer?"

„Mach ich sofort!" Er griff auch gleich zu seinem Telefon und telefonierte mit dem zuständigen Herrn von der Spurensicherung und mit Frau Krankl von der KTU.

„Es sind alle Personen und zuständigen Stellen informiert und sie sind so schnell wie möglich auch vor Ort, bei Frau Schnarrer. Als Treffpunkt habe ich die Kirche ausgemacht und als Zeitpunkt zehn Uhr. Ich hoffe, das passt ihnen beiden? Den Durchsuchungbeschluß lass ich ihnen zukommen. Frau Soller soll ihn vorbereiten und der zuständige Richter wird ihn unterschreiben. Das sollte innerhalb der nächsten halben Stunde möglich sein."

„Ja, natürlich wunderbar," erwiderte ich zufrieden. „Dann haben wir noch Zeit, uns vorzubereiten."

Mein Handy vibrierte und ich zog es aus meiner Hosentasche. ´Eine Nachricht von Frau Unholzer. Die Zellenauswertung vom Mordabend ist bei ihr abholbereit. Das ging ja wirklich verdammt schnell. Umso besser.`

Ich informierte Herrn Doktor Hofer und Frau Stöcklgruber und wir verabschiedeten uns von ihm mit der Bemerkung, dass er uns sehr viel weiter geholfen hat.

„Das hätte ich nicht gedacht, dass wir das Rätsel um die Tatwaffe so schnell lösen können," sagte ich auf dem Weg zu unserem Büro.

„Ja, hoffen wir nur, dass wir mit unserer Vermutung richtig liegen."

„Ich schau noch schnell bei Frau Unholzer vorbei. Bin doch sehr gespannt, was uns die ‚Auswertung der Handydaten bringt."

Ich bog ab und ging zum Büro von Frau Unholzer. Erfreut übergab sie mir die ausgedruckte Liste des Providers, ich bedankte mich und wünschte ihr noch einen schönen Tag.

„Hey Franz, das ging aber schnell", begrüßte sie mich zurück im Büro.

„Ja, heute war keine Zeit zum Plaudern. Hier ist die Liste der Auswertung. Schau doch mal, ob du schon etwas auslesen kannst. Du kennst dich doch mit den Daten besser aus, als ich." Damit legte ich die Liste vor sie auf den Tisch.

Sie begann auch sofort mit dem Studieren der angegebenen Daten.

„Also, wenn ich mich nicht täusche, habe ich hier eine Handynummer, die zu Herrn Schnarrer passt und er wurde von dieser Nummer um 22.48 Uhr angerufen."

Sie zeigte auf eine Handynummer, die mir nicht bekannt war.

„Kannst du die Nummer mal in die Suchmaschine eingeben? Vielleicht haben wir ja so auf die Schnelle einen Treffer. Wenn nicht, würde ich unsere IT-Abteilung bitten, den Besitzer der Nummer zu ermitteln."

Ich tippte die Nummer in die Google-Suchmaske ein. Aber sie wies mich nur auf verschiedene andere Suchmöglichkeiten hin.

„Mina, ich glaube, wir sollten doch unsere IT-Abteilung damit beauftragen. Ich kenne den Herrn Sagstetter ganz gut: guter Mann. Wenn einer das schnell hinbekommt, dann er. Ich rufe ihn gleich mal an. Haben wir noch Zeit, oder müssen wir schon aufbrechen?" wollte ich von ihr noch wissen.

„Nein, nein, Zeit passt. Wäre super, wenn wir den Namen der Handynummer noch bekämen, bevor wir nach Greising fahren."

Ich suchte die Nummer von Herrn Sagstetter, von der IT-Abteilung, aus dem Register und rief ihn umgehend an. Er versprach mir, so schnell als möglich, die von mir durchgegebene Nummer auf deren Halter zu ermitteln.

„Was meinen sie, Herr Sagstetter, wann kann ich mit einem Ergebnis rechnen?"

„Wenn sie mich loslegen lassen, würde ich sagen, etwa zehn Minuten, wenn alles normal läuft."

„Na dann los, dann halte ich sie nicht länger auf," beendete ich das Gespräch.

„Er meint, maximal zehn Minuten und das wäre absolut toll und dann können wir auch locker darauf warten," wandte ich mich an Frau Stöcklgruber, legte den Telefonhörer beiseite und stand auf, um mir noch einen Kaffee zu holen.

„Soll ich dir auch eine Tasse mitbringen?" fragte ich Frau Stöcklgruber. Aber sie verneinte und so ging ich hinaus auf den Gang zum Kaffeautomaten um mir eine Tasse frischen Kaffees zu holen. Frau Soller kam mir entgegen und wedelte mit dem Durchsuchungsbeschluss.

„Na, das hat wirklich super funktioniert", meinte ich lachend zu ihr.

„Ja, wenn alle mitspielen, dann klappt es auch", bekräftigte sie meine Aussage. Sie überreichte mir den Beschluss und ich bedankte mich bei ihr. Ich steckte mir das Kuvert in die rückwärtige Hosentasche und ging weiter in Richtung Kaffeautomat.

Also wenn das publik wird, dass ich, der Pfarrer von Greising, mit der Frau Schnarrer eine Affäre habe, dann ist es mit meiner Anstellung und meiner Arbeit hier vorbei, dann kann ich einpacken. Aber, dass es so weit gekommen ist, kann ich mir nicht verzeihen. Die Frau Schnarrer, also die Zenzi, ist schon ein heißer Feger. Wie hat mich die umschwirrt, mir den Kopf verdreht. Und immer war sie um mich herum, zufällige Berührungen, Aufforderungen, Augenkontakte, zugeflüstert hat sie mir Worte, die mir normalerweise nie in den Sinn kommen würden. Aber ich habe nachts von ihr geträumt, bin schweißgebadet aufgewacht und habe versucht, sie zu verdrängen, habe einen Rosenkranz gebetet, nicht nur einen, nein, zwei oder drei, habe meine Predigt für nächsten Sonntag vorbereitet, aber sie war stärker. Stärker als mein Glaube, denn ich war mir bewusst, dass ich der Liebe zum anderen Geschlecht bei meiner Primiz abgeschworen hatte.

Und dann kam der Tag, an dem alles explodierte, an dem sie mich zu sich einlud, unter dem Vorwand, die neuen Lieder, die ich geplant hatte, zu testen, zu sehen, ob die Tonart für sie richtig wäre. Und ich bin darauf eingegangen. Ich hätte wissen müssen, dass dies mein Leben als Pfarrer total ändern würde. Aber ich fühlte mich so zu ihr hingezogen, ich konnte nicht anders, ich musste sie besuchen. Ich wusste natürlich, dass ihr Franz an dem Abend nicht zuhause war. Ich kannte seine Gewohnheiten. Montagabend Schafkopfen und Mittwochabend Feuerwehrtreffen. Und dann passierte es. Sie empfing mich in einem Kleid, das mir den Atem raubte und da hätte ich umkehren müssen, mich der Realität, der Vernunft stellen müssen, aber ich konnte nicht, oder wollte nicht. Ich blieb und damit nahm das Unglück seinen Lauf. Und es war schön, unglaublich schön und ich bereue nichts. Sie war so zärtlich und einfühlsam. Ich war ja in diesen Dingen ein Novize, ein Neuling. Aber sie machte das mit Charme und Verständnis, und ich ging mit ihr über Grenzen, die mir im Nachhinein unglaublich erscheinen. Und ich bereue nichts. Warum? Ich weiß es nicht.

Inzwischen ist es fast zur Normalität geworden, dass ich jeden zweiten Montag zu ihr nach Hause komme, wenn der Franz unterwegs ist. Dass ich nach jeder Probe mit ihr noch einige Minuten zusammen bin, mit ihr Zärtlichkeiten austausche, sie küsse und dort berühre, wo ich in der Zwischenzeit weiß, dass sie es gerne hat. Und sie gibt mir so viel zurück! Ich denke, das nennt man echte Liebe. Und ich dachte immer, ich kann nur Gott lieben.

An dem Abend, an dem der Franz umgebracht wurde, waren wir so hemmungslos, so wild aufeinander, wir trieben es wie die Tiere. Wir begannen im Wohnzimmer und endeten im Schlafzimmer. Und wenn ich nicht um halb elf Uhr, oder war es Dreiviertel elf, zum Aufbruch gedrängt hätte, dann wären wir immer noch ….

Aber so konnte ich mich anscheinend noch gerade von ihr verabschieden, ohne dass mich der Herr Schnarrer gesehen hat. Was hätte das nur ergeben! Nicht auszudenken. Das wäre der Supergau geworden. Der Pfarrer von Greising hat eine Affäre mit der Frau des Feuerwehrkommandanten! Und ich weiß, wie eifersüchtig der Franz war. Wenn der das mitbekommen hätte, dann läge **ich** wahrscheinlich jetzt unter der Erde und nicht er. Ich kann nur hoffen, dass die beiden Kommissare ihr Versprechen halten und nichts ausplaudern. Aber sie haben sehr vertrauenswürdig gewirkt. Aber wie soll das jetzt mit mir und der Zenzi weitergehen? Soll es überhaupt weitergehen? Eigentlich wäre jetzt der Punkt erreicht, wo ich ihr sagen müsste, dass die Beziehung mit ihr keine Zukunft hat. Aber kann ich das, und will ich das? Wenn ich ehrlich zu mir bin, dann wünsche ich mir, dass die Zenzi mehr will als nur eine Affäre. Aber dann ist mein Beruf und meine Berufung zu Ende. Denn irgendwann kommt alles auf den Tisch. Ich muss das Gespräch mit ihr suchen, wenn die ersten Wogen geglättet sind und vor allem der Mörder gefasst ist. Und bis dahin halte ich mich ruhig, auch wenn es mir schwer fällt …..

Nach nicht einmal 10 Minuten meldete sich Herr Sagstetter bei mir und gab mir, mit sichtlichem Stolz, den ermittelten Namen, passend zu der Handynummer, durch.

Ich musste erst einmal tief durchatmen, denn damit hatte ich nicht gerechnet: die Nummer gehörte zu einem Rudi Kreuzmoser, dem Nachbarn der Familie Schnarrer.

Der Nachbar? Der Nachbar hatte Herrn Schnarrer angerufen um ihm was zu sagen?

„Mina, die Nummer gehört dem Nachbarn, dem Herrn Kreuzmoser. Aber warum ruft er abends um 22:48 Uhr den Herrn Schnarrer im Gasthof Geiß an? Was hatte er ihm so wichtiges mitzuteilen?"

„Hat der Pfarrer nicht ausgesagt, dass beim Nachbarn noch Licht brannte, als er sich nach Hause aufmachte? Wenn Herr Kreuzmoser, und das ist das Einzige, was ich mir vorstellen kann, dem Herrn Schnarrer berichtete, dass der Herr Pfarrer bei seiner Frau zugange war. Aber warum rief er erst an, als der Pfarrer schon weg war? Was bezweckte er damit? Hatten die Beiden ein Abkommen, dass Herr Kreuzmoser die Frau Schnarrer überwachen sollte? Dann rufe ich doch an, wenn der Liebhaber bei der Frau ist. So viel Fragen, so viel Ungereimtheiten. Wir sollten auf jeden Fall den Herrn Kreuzmoser ins Kreuzverhör nehmen. Mal schauen, was er uns darüber berichten kann. Also los, es ist jetzt sowieso Zeit zum Aufbrechen."

Wir verließen eiligst unser Büro und fuhren in Richtung Greising. Wir parkten bei der Kirche und begrüßten die Leute von der Spusi, von denen ich Einige kannte. Frau Doktor Krankl von der KTU hatte eine längere Anfahrt und ich rief sie deshalb an, um ihr zu sagen, dass wir bereits vorgehen würden und gab ihr die Adresse von Familie Schnarrer durch.

Wir machten uns zum Haus der Familie auf und ich läutete an der uns bereits bekannten Adresse. Frau Schnarrer öffnete auch umgehend und machte große Augen, als sie die Ansammlung von Personen sah, die offensichtlich in ihr Haus wollten. Sie trug heute ein enganliegendes, schwarzes Kleid und wieder einen dazu passenden Schal. Stand ihr wirklich gut.

„Herr Kommissar, was ist denn los?" begrüßte sie uns überrascht. „Warum so viele Personen? Wollen die alle zu mir?"

„Ja Frau Schnarrer, es hat sich einiges Neues und Unerwartetes ergeben und wir haben einen Durchsuchungsbeschluss für ihr Haus um die neuen Erkenntnisse zu überprüfen." Ich überreichte ihr das Dokument und sie überflog es mit sichtlichem Erstaunen.

Sie gab es mir wieder zurück und bat uns herein. Sie machte die Türe jetzt weit auf und wollte uns einlassen. Aber wir mussten vorher noch die Schutzkleidung, die Schuhüberzieher und die Handschuhe anziehen um den vermeintlichen Tatort nicht zu kontaminieren.

Nachdem alle eingekleidet waren, ging ich voran und Frau Stöcklgruber folgte mir in den Gang, wo gestern noch das Golfbag stand.

„Na, Frau Stöcklgruber, das ist doch schon ein kleiner Erfolg. Das Golfbag scheint noch unberührt zu sein. Welchen Schläger hat Herr Doktor Hofer als Tatwaffe vermutet?"

„Ich glaube, er hat von einem Putter gesprochen. Lassen sie mal sehen." Damit schob sie mich zur Seite, zog sich noch die üblichen Handschuhe an und begann die einzelnen Schläger, von denen es viele gab, zu inspizieren.

„Also der einzige, der meiner Meinung nach in Frage kommt, wäre dieser hier." Sie zog einen der Schläger aus dem Golfbag und hielt ihn triumphierend in meine Richtung.

„Siehst du, der würde doch passen: ein 15 Zentimeter langes Eisenstück, scharfkantig, verbunden mit einem Eisenstab und am Ende sogar ein passender Griff. Also wenn das nicht unsere Tatwaffe ist, dann …."

Ich unterbrach sie und meinte: „ …. dann lass doch mal die Frau Doktor Krankl ran. Die kann uns das sicher bestätigen."

Frau Doktor Krankl stand mit dem Rest der Truppe noch unschlüssig im Gang. Ich übergab ihr den Schläger mit der Bitte, ihn genauestens zu untersuchen, da wir vermuten, dass dies die Tatwaffe sein könnte.

„Ja, mache ich gerne. Aber dazu muss ich natürlich in meinem Untersuchungszimmer sein, denn dort habe ich, wie sie wissen, die entsprechenden Geräte um dies festzustellen, wenn es denn so ist. Aber, gibt es sonst noch etwas für mich zu tun?"

„Ich denke schon," gab ich zur Antwort „die Spusi soll doch bitte jetzt die Zimmer durchsuchen, um hoffentlich feststellen zu können, wo der Mord stattgefunden hat. Meine Vermutung ist: entweder das Wohnzimmer, oder noch wahrscheinlicher, das Schlafzimmer. Also bitte hier entlang." Ich lotse die Männer der Spusi in das Wohnzimmer und sie begannen auch umgehend mit der Untersuchung.

Frau Doktor Krankl hielt sich in der Zwischenzeit im Hintergrund und wartete auf entsprechende Funde, um sie dann genauer analysieren zu können.

„Mina, ich denke, wir können jetzt dem Herrn Kreuzmoser einen Besuch abstatten. Hier werden wir momentan nicht mehr gebraucht. Was meinst du?"

„Absolut. Ich bin ja gespannt, was er uns zu berichten hat. Vor allem, was er zu seinem Telefonat mit Herrn Schnarrer zu sagen hat. Also los, lass uns gehen."

Wir gaben unseren Leuten Bescheid und gingen zum Haus des Herrn Kreuzmoser, ein schickes, kleines Einfamilienhaus mit einem sehr gepflegten Garten.

Ich klingelte beim Namensschild: Rudolf Kreuzmoser. Komisch, dass nur sein Name darauf stand. War er nicht verheiratet?

Ich hörte Schritte näher kommen und die Türe wurde einen Spalt breit geöffnet. Ein neugieriges Gesicht erschien im Türspalt und fragte uns: „Ja bitte?"

„Herr Rudolf Kreuzmoser?"

„Ja, der bin ich, was wollen sie von mir?"

„Wir sind von der Mordkommission aus Deggendorf, ich bin Kommissar Breslmaier und das ist meine Kollegin, Frau Stöcklgruber. Wir ermitteln im Mordfall des Herrn Schnarrer und da würden wir gerne mit ihnen reden, als Nachbar."

„Ja klar, kommen sie rein. Ich gehe schon mal vor." Er öffnete die Türe und führte uns in sein Wohnzimmer. Herr Kreuzmoser war ein eher unscheinbarer Mittdreißiger, sportlich, schlank, mit wachen Augen. Die Wohnung war sauber und aufgeräumt. Viele Fotos und Bilder an der Wand. Und immer dieselbe Frau abgebildet.

Ich deutete auf ein Foto und wollte von ihm wissen, wer das ist.

„Das ist meine verstorbene Frau. Sie war unheilbar an Krebs erkrankt. Es ist inzwischen zwei Jahre her, dass sie mich verlassen hat, " meinte er, während er traurig das Foto betrachtete.

„Mein herzliches Beileid Herr Kreuzmoser. Und seit dieser Zeit leben sie hier in Greising alleine in ihrem hübschen Haus?"

„Ja, ich war noch nicht in der Lage, eine neue Beziehung …. na sie wissen schon, was ich meine. "

Wir setzten uns im Wohnzimmer auf eine gemütliche Couch und Herr Kreuzmoser nahm uns gegenüber Platz.

„Herr Kreuzmoser, sie wissen wahrscheinlich, warum wir bei ihnen sind?", begann ich das Gespräch.

„Ich denke, es geht um den Tod vom Franz, vom Herrn Schnarrer. Aber dazu kann ich ihnen nichts sagen. An dem Abend bin ich früh ins Bett gegangen. Ich hatte Frühschicht bei BMW und musste am anderen Tag wieder raus. Sie haben übrigens Glück, dass ich heute daheim bin. Normalerweise wäre ich jetzt in der Arbeit. Aber sie haben uns freigestellt, weil irgendwelche Chips nicht lieferbar sind und daher steht die Produktion in Dingolfing jetzt still."

„Ein bisschen Glück gehört zu unserem Job. Aber jetzt zu meiner Frage: wir konnten inzwischen feststellen, wer den Herrn Schnarrer am Tag seiner Ermordung als letzter angerufen hat."

Herr Kreuzmoser zuckte merklich zusammen. Damit hatte er sicher nicht gerechnet, dass wir ihn als Anrufer lokalisieren konnten.

„Sie haben ihn um genau 22:48 Uhr von ihrem Handy aus angerufen. Was wollten sie von ihm und warum war er danach so aufgebracht? Was können sie uns dazu sagen."

„Ähhh , äähh," er war sichtlich verwirrt und kratzte sich verlegen am Ohr. „Ich, ich wollte ihm nur sagen," stotterte er „dass bei ihm die Garage…."

„Herr Kreuzmoser," unterbrach ich ihn mit resoluter und jetzt lauter Stimme „sie müssen nicht lange herumreden. Wir wissen von der Affäre des Herrn Pfarrer mit Frau Schnarrer. Außerdem brannte bei ihnen noch Licht als er Frau Schnarrer verlassen hat, also haben sie den Pfarrer noch gesehen. Was haben sie dem Herrn Schnarrer so wichtiges mitgeteilt? Also raus mit der Sprache!"

Ich merkte, wie er nachdachte, wie es in ihm arbeitete.

„Ich musste ihm doch sagen, dass seine Frau Besuch hat. Das ist doch unmöglich, das kann doch nicht sein: unser Pfarrer mit Frau Schnarrer! Und das habe ich dem Franz gesagt. Wie kann sie nur mit dem Pfarrer fremd gehen, oder noch schlimmer, er mit ihr, und das schon seit längerer Zeit? Aber mehr habe ich ihm nicht gesagt, das können sie mir glauben."

„Und was ist dann passiert? Was haben sie nach dem Telefonat gemacht? Sie mussten doch Herrn Schnarrer gesehen haben, als er erzürnt und sichtlich erregt nach Hause gekommen ist. Sie haben ja einen perfekten Blick zum Haus der Familie Schnarrer."

Ich stand auf und ging zum großen Wohnzimmerfenster, von dem aus man wirklich das Nachbarhaus optimal einsehen konnte. Ich konnte die Fenster des Schlafzimmers und der Küche erkennen. Außerdem die Auffahrt und den Eingang.

Da läutete mein Handy. Ich konnte erkennen, dass Frau Doktor Krankl mich anrief und nahm das Gespräch entgegen.

„Frau Doktor Krankl. Haben sie etwas gefunden?" wollte ich von ihr wissen, denn ohne Grund würde sie mich sicher nicht anrufen.

„Ja, Herr Breslmaier, Fingerabdrücke an dem Golfschläger, die ich nicht zuordnen kann. Es sind sicherlich welche vom Bruder von Herrn Schnarrer, dem Golfspieler, darauf, aber auch noch weitere, die bestimmt für uns interessant sind, oder sein können. Aber dafür bräuchten wir auch noch die Fingerabdrücke der Personen, die mit dem Schläger in Berührung gekommen sind, also von Herrn Schnarrer und dessen Bruder und von allen möglichen Tätern. Von Herrn Schnarrer, dem Mordopfer, habe ich bereits die Fingerabdrücke, dann bleibt noch sein Bruder und wer sonst noch in Frage kommt, das müssen sie entscheiden. Ansonsten ist die Spusi schon durch. Sie haben den neu entwickelten SCENEview BV800 bereits im Einsatz und damit konnten sie den Tatort genau feststellen: die Blutspuren waren eindeutig: der Mord geschah im Schlafzimmer der Familie Schnarrer! Wer hätte das gedacht. Ich war ja ganz überrascht, dass die Spusi mit dieser neuen Entwicklung ausgestattet ist. Aber so konnten wir den Tatort genau nachweisen. Was sagen sie dazu?"

„Na das ist jetzt aber überraschend," bemerkte ich „und was sagt Frau Schnarrer dazu?"

„Mit der habe ich noch nicht gesprochen. Das überlasse ich lieber ihnen und ihrer Kollegin. Ansonsten mache ich mich vom Acker …. Übrigens habe ich die vermeintliche Tatwaffe mit dabei um sie auf mögliche Spuren zu untersuchen. Ich hoffe, ich finde entscheidende Hinweise. Ich gebe ihnen natürlich sofort Bescheid," meinte sie noch abschließend. Ich bedankte mich bei ihr, beendete das Gespräch und drehte mich zu den Beiden am Tisch sitzenden um, die mich neugierig beäugten.

„Herr Kreuzmoser, ich muss sie leider bitten, mit uns zu kommen. Wir müssen eine erkennungsdienstliche Maßnahme bei ihnen durchführen und dazu nehmen wir sie mit in das Polizeipräsidium. Wir brauchen von ihnen ihre Fingerabdrücke und auch ihre Aussage würde ich gerne noch protokollieren. Das ist nur eine Routineangelegenheit, nichts weiter. Meine Kollegen werden sie ins Präsidium begleiten und wir kommen so schnell wie möglich nach."

„Muss das denn sein, Herr Kommissar?" meinte Herr Kreuzmoser kleinlaut.

„Ja, glauben sie mir, es ist nur zu ihrem Schutz. Als Nachbar hatten sie sicher Kontakt zur Familie Schnarrer und so sollten wir jeden möglichen Kontakt überprüfen."

Ich ging zur Eingangstüre und rief den Polizisten, die vor dem Haus der Familie Schnarrer standen, zu, dass sie zu mir herüber kommen sollten. Ich erklärte ihnen, dass sie Herrn Kreuzmoser ins Präsidium bringen um dort erkennungsdienstliche Maßnahmen durchzuführen. Alles Weitere würde dann von mir und meiner Kollegin erledigt. Der Vorgang sollte ohne viel Aufsehen zu erregen ablaufen, also keine Handschellen oder sonstiges.

Die Beamten nickten verständnisvoll und gingen ins Haus, um Herrn Kreuzmoser zu holen. Nach kurzer Zeit kamen sie zusammen mit ihm und Frau Stöcklgruber heraus und bugsierten ihn zu ihrem Auto, wo er auch bereitwillig einstieg.

„So Mina, jetzt werden wir mal Frau Schnarrer auf den Zahn fühlen. Sie muss doch etwas mitbekommen haben von der Tat, so unschuldsvoll wie sie tut, ist sie sicher nicht. Da ist mehr dahinter."

Wir gingen zum Haus von Familie Schnarrer. Die Beamten waren inzwischen fertig mit ihren Untersuchungen. Die Haustüre stand noch offen.

Ich nahm Frau Stöcklgruber an der Hand und zog sie auf die Seite.

„Mina, bevor wir jetzt mit Frau Schnarrer reden, sollten wir uns ein Konzept überlegen. Wir sind knapp vor der Auflösung des Mordfalls. Vielleicht kannst du die Vernehmung übernehmen, so von Frau zu Frau. Ich halte mich im Hintergrund. Konfrontiere sie mit den inzwischen festgestellten Tatsachen, den Tatort, die Tatwaffe und vor allem den Anruf von Herrn Kreuzmoser. Was wir noch nicht wissen ist, warum wurde Herr Schnarrer ermordet? Er war sicher sehr eifersüchtig, und hatte, wie wir inzwischen festgestellt haben, jeden Grund dafür. Aber der Pfarrer war es sicher nicht. Das traue ich ihm nicht zu. Aber wer dann?"

„Ja, das kann uns nur Frau Schnarrer erklären," antwortete Mina mit fester und bestimmender Stimme. „Also los, packen wir es an."

Wir gingen in das Haus, Frau Stöcklgruber voran und ich dahinter. Frau Schnarrer saß in der Küche und hatte sich einen Kaffee eingeschenkt.

„Wollen sie auch einen?" begrüßte sie uns.

„Ja gerne," antwortete Frau Stöcklgruber „und du Franz, auch einen?"

Ich nickte zustimmend und setzte mich auf den Stuhl gegenüber von Frau Schnarrer. Frau Stöcklgruber zog sich den in der Ecke stehenden Stuhl her und setzte sich an meine Seite.

Frau Schnarrer schenkte uns beiden den Kaffee ein und setzte sich wieder auf ihren Platz.

„Frau Schnarrer," eröffnete Frau Stöcklgruber das Gespräch. „Ich möchte mich mit ihnen über den Tatabend unterhalten. Ich, oder wir beide, der Herr Breslmaier und ich, haben das Gefühl, dass sie uns nicht alles erzählt haben, was an dem Abend passiert ist. Wir wissen inzwischen einiges mehr und das alles ergibt ein ganz anderes Bild als wie sie es uns erzählt haben. Wir haben die wahrscheinliche Tatwaffe zur Untersuchung in der KTU um etwaige Spuren zu ermitteln, wir wissen, wer ihren Mann im Gasthof Geiss angerufen hat und wir wissen, dass sie eine Affäre mit dem Pfarrer Neumüller haben, der sich kurz vor der Tat von ihnen verabschiedet hat, laut seiner Schilderung und der Bestätigung von ihrem Nachbarn, dem Herrn Kreuzmoser. Also wollen wir jetzt von ihnen wissen: wer war der Mörder und vor allem, warum hat er ihren Mann umgebracht?"

Frau Schnarrer starrte auf den Boden. Ihre Hände, die auf dem Tisch lagen, zitterten und leise begann sie: „Ich wollte ….."."

„Sie müssen schon lauter reden, damit wir sie auch verstehen," forderte ich sie auf.

„Also," setzte sie erneut, nun lauter, an „also ich weiß auch nicht wie das alles passieren konnte. Der Franz, mein Mann, kam überraschend früher heim und stellte mich sofort zur Rede. Er schrie mich an: ich hätte ein Verhältnis mit unserem Pfarrer und ich wäre ein Flittchen und er wäre nur der Depp und was ich mir dabei gedacht hätte. Er redete sich so in Rage, so habe ich ihn noch nie erlebt. Ich stritt das alles natürlich ab und dann packte er mich an der Gurgel und drückte zu. Ich schrie so laut wie möglich um Hilfe, solange ich noch konnte, denn er drückte immer fester zu. Er hätte mich umgebracht, das können sie mir glauben, …. wenn nicht der Rudi aufgetaucht wäre und und …." sie brach in Tränen aus und schüttelte sich heftig.

„Der Kreuzmoser Rudi?" mischte ich mich ein.

„Ja, der Kreuzmoser Rudi, unser Nachbar," sagte sie mit schluchzender Stimme. „Er hat mich gerettet und dafür hat er …."

Sie konnte nicht mehr weiter. Aber das genügte auch für den Anfang. Wir hatten, was wir wollten und jetzt mussten wir unbedingt mit Herrn Kreuzmoser reden. Denn einige Details fehlten uns noch.

„Ah," übernahm Frau Stöcklgruber wieder das Gespräch „deshalb auch der Schal, den sie die ganze Zeit über tragen. Können sie den bitte einmal abnehmen."

Langsam wickelte Frau Schnarrer den Schal ab und nun konnten wir deutlich die Würgemale erkennen. Rot, blau und lila erstreckten sie sich um ihren Hals.

Überrascht bemerkte ich: „und ihre Stimme, ist die normalerweise auch so tief wie momentan?"

„Nein, natürlich nicht", gab sie entrüstet von sich. „Er hat so fest zugedrückt, dass ich keine Luft mehr bekommen habe. Ich habe gedacht, jetzt ist es vorbei mit mir. Natürlich habe ich mich gewehrt. Aber der Franz war viel stärker als ich. Und plötzlich war da dieser Knall, eigentlich kein Knall, eher ein dumpfer Ton und ich bin zusammen mit dem Franz umgefallen, er hat mich mit umgerissen, aber ich konnte wieder atmen, Luft bekommen. Und dann habe ich erst gesehen, was passiert ist. Furchtbar."

„Und anschließend haben sie zusammen mit dem Herrn Kreuzmoser ihren toten Mann entsorgt," fügte ich noch hinzu.

„Was sollten wir denn tun? Herr Kreuzmoser hatte die Idee mit dem Greisinger Weiher. Dort findet ihn bestimmt niemand, meinte er. Also haben wir den Franz in sein Auto gepackt und ihn im Weiher versenkt. Irgendwie war das alles für mich nicht real. Ich glaube ich stand noch unter Schock. Aber der Kreuzmoser war stark und so brachten wir das zu Ende. ich räumte nachher noch auf und wischte die Spuren weg. Der Franz hatte ja doch ganz schön Blut verloren. Bin ich jetzt mitschuldig?" wollte sie noch wissen.

„Wir nehmen sie jetzt auf jeden Fall erst mal zur Vernehmung mit ins Präsidium," antwortete ich. „Dann soll der Staatsanwalt darüber befinden, was mit ihnen weiter passiert. Aber so ganz straflos werden sie sicher nicht wegkommen. Falschaussage, Beihilfe zum Mord, Behinderung der Ermittlungen, da kommt schon einiges auf sie zu."

„Oh je, oh je," jammerte sie bedauernd. „Wenn ich das alles geahnt hätte, dann …."

Weiter kam sie nicht. Schluchzend verbarg sie ihr Gesicht in ihren Händen.

„Kommen sie Frau Schnarrer, wir müssen."

Ich half ihr auf und zusammen gingen wir zu unserem Auto.

Die Fahrt zum Präsidium verlief schweigend und nachdem wir angekommen waren, gingen wir in den zweiten Vernehmungsraum, der Gott sei Dank noch frei war. Im ersten saß ja bereits Herr Kreuzmoser und wartete auf seine Vernehmung.

„Sollen wir uns aufteilen?" wollte ich von Frau Stöcklgruber wissen.

„Ja gerne," antwortete sie spontan. „Ich denke es wäre das Beste, wenn ich die Vernehmung von Frau Schnarrer übernehme und du zusammen mit Staatsanwalt Doktor Hofer nimmst Herrn Kreuzmoser ins Verhör. Was hälst du davon?"

„Absolut richtig. Frau Schnarrer hat sowieso alles gestanden. Du musst eigentlich nur noch protokollieren und aufzeichnen. Das sollte kein Problem darstellen. Also los. Ich gehe noch schnell bei Doktor Hofer vorbei und informiere ihn vorab von unseren Ermittlungen. Ich hoffe er hat Zeit für uns."

Damit verabschiedete ich mich von Frau Stöcklgruber und machte mich auf in Richtung Büro von Doktor Hofer. Seine Sekretärin, Frau Soller, empfing mich wie immer nett und freundlich und sie meinte, ich hätte Glück, Herr Doktor Hofer sei in seinem Büro und der nächste Termin sei erst um 15:00 Uhr, also noch genügend Zeit um ihn zum Verhör mitzunehmen.

Ich informierte Herrn Doktor Hofer und er war sofort bereit, bei der Vernehmung von Herrn Kreuzmoser mit anwesend zu sein.

Wir betraten den Vernehmungsraum eins, in dem Herr Kreuzmoser an einem Tisch in der Mitte des Raums saß. Er sah uns erwartungsvoll an und wir setzten uns ihm gegenüber.

„Herr Kreuzmoser, das ist der Staatsanwalt, Herr Doktor Hofer," begann ich das Gespräch. „Er möchte gerne bei ihrer Vernehmung mit dabei sein. Haben sie etwas dagegen?"

„Nein, warum sollte ich," meinte er lapidar.

„Also Herr Kreuzmoser, ich werde unser Gespräch aufzeichnen und schalte das Gerät jetzt ein. Nur dass sie informiert sind."

Ich drückte auf die Aufnahmetaste und das Gerät startete.

Ich machte die üblichen Anfangsausführungen wie: Datum, Uhrzeit, Anwesende und begann: „Herr Kreuzmoser. Sie sind der Nachbar der Familie Schnarrer und hatten somit einen näheren Kontakt zu der Familie. Stimmt?"

„Stimmt," gab er wortkarg zurück.

„An dem Abend, also dem Tatabend, haben sie als Letzter mit Herrn Schnarrer telefoniert. Wir konnten das durch die Funkzellenauswertung feststellen. Sie hatten das ja bereits in unserem Gespräch bei ihnen zuhause zugegeben. Sie haben ihn, nach ihren Aussagen, über die Affäre seiner Ehefrau aufgeklärt. Sie wussten, wie eifersüchtig Herr Schnarrer war und trotzdem haben sie ihn entsprechend informiert. Warum? Warum haben sie das getan?"

„Na ja, ich … ich .." er kam ins Stottern. „Ich konnte nicht länger zusehen, wie der Franz hintergangen und betrogen wurde. Das tat mir richtig weh."

„Und dann haben sie ihn angerufen. Und er tauchte auch umgehend zuhause auf, nur der Herr Pfarrer, der mit Frau Schnarrer die Affäre hatte, war inzwischen weg. Was ist dann passiert?"

„Ich konnte sehen, wie Herr Schnarrer wutentbrannt die Türe aufschloss und ins Haus stürmte."

„Und dann?"

„Ja nichts, das wars."

„Wirklich? Sind sie sich da ganz sicher? Überlegen sie mal genau," hackte ich nach.

Herr Kreuzmoser begann zu schwitzen. Leichte Schweißperlen bildeten sich auf seiner Stirn.

„Ja klar, bin ich mir da sicher. Es passierte nichts, rein gar nichts und so bin ich ins Bett gegangen."

„Frau Schnarrer hat uns da aber etwas ganz anderes erzählt." Jetzt war die Katze aus dem Sack. Herr Kreuzmoser zuckte auch leicht und man merkte, wie es in ihm arbeitete.

„Was hat sie denn ihnen gesagt?" wollte er kleinlaut wissen.

„Sie hat um Hilfe geschrien, denn der Herr Schnarrer war außer sich und anscheinend war ein Kampf entbrannt zwischen den Beiden. Und jetzt kommen sie ins Spiel."

„Ich? Warum ich?"

„Ich erzähle ihnen jetzt meine Version: Sie haben die Schreie von Frau Schnarrer gehört und sind ihr zur Hilfe geeilt. Kommen sie, es hat doch keinen Sinn mehr zu leugnen. Frau Schnarrer hat uns alles bereits berichtet. Jetzt wollen wir nur noch von ihnen wissen, warum und wieso sie dort eingegriffen haben."

Herr Kreuzmoser fuhr sich nervös durch seine Haare und wischte sich die Schweißperlen von der Stirn.

„Könnte ich etwas zum Trinken haben?" meinte er sichtlich resigniert.

„Natürlich," antwortete ich und bestellte über die Sprechanlage ein Glas Wasser für Herrn Kreuzmoser.

Nachdem er einen großen Schluck Wasser getrunken hatte begann er mit leiser Stimme: „Also es war so. Nachdem meine Frau verstorben war, hatte ich niemanden mehr, war ganz allein. Und Frau Schnarrer war immer zu sehen und immer um mich herum. Ich weiß auch nicht. Irgendwie habe ich mich in die Frau verguckt. Sie sieht ja auch wirklich gut aus und bei den Scharrers gibt es zwar Vorhänge, aber die sind meiner Meinung nach, außer Funktion. Und so hatte ich immer einen guten Blick in ihr Schlafzimmer und in das Wohnzimmer. Und mit der Zeit habe ich mich in die Frau verliebt und habe sie vergöttert. Aber sie? Sie beginnt eine Affäre mit dem örtlichen Pfarrer, dem Herrn Neumüller! …. Ich war total perplex. Das konnte doch nicht sein. Und dann kam meine Chance. An dem besagten Abend wollte ich den Franz dazu bringen, dass er diese Liebelei mit dem Pfarrer beendet, ihr auf die Schliche kommt und sie so für mich wieder frei ist, denn mit ihrem Mann, er ist ja auch über zwanzig Jahre älter, lief sowieso nichts mehr, wie ich beobachten konnte. Das war mein Plan. Aber dann rief sie um Hilfe, und wie. Ich konnte es deutlich hören. Und da gab es für mich nur eins, ihr zur Hilfe kommen. Ich konnte sie doch nicht alleine lassen! Also lief ich hinüber, die Eingangstüre war nur angelehnt. In der Eile hatte der Franz anscheinend vergessen, sie zu schließen. Und das war mein Glück. Ich ging in den Flur und ich hörte nur noch Schnappgeräusche aus dem Schlafzimmer. Ich wusste, da passiert etwas Gefährliches. Ich musste doch meiner Geliebten zu Hilfe kommen. Ich suchte nach einer Waffe und fand diese Golfschläger in der Ecke stehen. Ich nahm mir in der Eile den Erstbesten und lief in das Schlafzimmer. Was ich da sah, raubte mir den Atem: Herr Schnarrer würgte seine Frau und sie bekam keine Luft mehr, wie ich gleich feststellen konnte. Ihre Augen waren weit geöffnet und ihr offener Mund versuchte Luft zu schnappen. Sie war kurz davor, in Ohnmacht zu fallen. Ich musste etwas tun, sie retten. Also schlug ich den Franz mit dem Golfschläger von hinten mit Wucht an den Kopf. Natürlich wollte ich ihn nur dazu bringen, seine Frau loszulassen. Dass der Schlag tödlich war …. das wollte ich nicht. Das können sie mir glauben."

„Und dann? Wie reagierte Frau Schnarrer?"

„Sie fiel mit dem Franz zusammen um, er kippte nach hinten, Gott sei Dank sie auf ihn drauf. Bei seinem Gewicht wäre das andersrum sicher nicht ohne Verletzungen abgegangen. Sie schnappte nach Luft und hielt sich den Hals. Sie sah mich mit großen Augen an. Sie konnte noch nicht realisieren, was passiert war. Und mich hatte sie sicherlich am wenigsten erwartet. Ich half ihr auf und umarmte sie. War das ein Gefühl! Ich hatte sie gerettet. Jetzt musste sie mich doch erkennen, musste mich doch endlich, endlich in ihr Herz schließen, ihren Retter! Aber nein, sie begann hysterisch zu schreien, mit einer dunklen, heiseren Stimme. Sie nannte mich einen Mörder, der ihren geliebten Mann umgebracht hätte. Ich wartete ab, bis sie sich beruhigt hatte und dann erzählte ich ihr, von meiner Zuneigung zu ihr, meinen bisher erfolglosen Eroberungsversuchen, von meinem Arbeitszimmer, das voll von Fotos von ihr hängt, dass ich Tag und Nacht nur von ihr träumen würde."

„Und dann?" mischte ich mich ein. „Haben sie dann zusammen einen Plan zum Verschwinden der Leiche entwickelt?"

„Nein, das war allein meine Idee. Frau Schnarrer war dazu nicht fähig. Sie saß die ganze Zeit apathisch da und hörte mir zu. Also holte ich mein Auto herüber und zusammen, alleine war es kaum möglich, ihn zu tragen, verpackten wir ihn in meinem Kofferraum. Die Zenzi, also Frau Schnarrer, zog sich noch etwas über und so fuhren wir an den Greisinger Weiher."

„Und dort haben sie Herrn Schnarrer elegant im Weiher versenkt."

„Ja, genau. Aber elegant war das nicht. Es war eine totale Plackerei, bei dem Gewicht und die Zenzi war auch keine große Hilfe."

„Und sein Handy?"

„Das hab ich zum Schluss in hohem Bogen in den See geschmissen. Für ewig versenkt."

„Ja leider" fügte ich hinzu, „denn sonst wären wir ihnen erheblich früher auf die Schliche gekommen. …. Und dann?""

„Sind wir zurückgefahren und ich habe zusammen mit der Zenzi noch aufgeräumt. Den Schläger abgewischt und in den Sack zurückgestellt, den Boden sauber gemacht und alles in Ordnung gebracht, so dass man nichts mehr sehen konnte von der Aktion. Außerdem habe ich der Zenzi geraten einen Schal zutragen, damit man die Würgemale am Hals nicht bemerken konnte, denn ich war mir sicher, dass die Polizei bald auftauchen würde."

„Da haben sie recht. Wie haben sie Frau Schnarrer dazu gebracht, nichts von dem Mord zu erzählen?"

„Das war gar nicht so schwierig. Ich musste ihr nur das Jetzt und die Aussichten für ihre Zukunft klarlegen: ihr Weg ist nun frei für eine neue Liebe, ihre Sehnsüchte kann sie nun verwirklichen. Alles, wovon sie lange geträumt hatte, könnte nun Wirklichkeit werden. Und dann hat sie spontan zugestimmt, nichts zu erzählen, was uns gefährden könnte. Ich war ja so glücklich: endlich hatte ich erreicht, was ich mir so lange gewünscht hatte, ich hatte ein Geheimnis mit meiner von mir so geliebten und begehrten Frau und sie teilte das Geheimnis mit mir, nur mit mir! Und ich war ihr so nahe, wie noch nie vorher. Aber leider kam alles anders als geplant und erhofft."

„Und das ist gut so. Wir werden sie anschließend dem Haftrichter vorführen und dann werden sie bis zu ihrer Verhandlung in U-Haft bleiben. Ich denke, dass ihr Geständnis sicher strafmildernd für sie sein wird. Aber ein Mord bleibt ein Mord. Ich bin gespannt, wie das der Richter bei ihrer Verhandlung sehen wird."

Zunächst schaltete ich das Aufnahmegerät aus, nicht ohne vorher noch die Endzeit zu bestätigen. Dann stand ich auf und klopfte an der Türe, um dem draußen wartenden Beamten zu signalisieren, dass Herr Kreuzmoser abgeführt werden kann.

Wir verabschiedeten uns von ihm und ich setzte mich nochmal neben Herrn Doktor Hofer.

„Gute Arbeit, Herr Breslmaier", sprach er mich freudig an. „Sie und Frau Stöcklgruber sind halt doch mein bestes Pferd im Stall, oder sollte ich sagen: meine besten Pferde?"

„Nein, das passt schon, so oder so," gab ich lachend zurück. „ich bin froh, dass wir den Fall so schnell lösen konnten. In so einem kleinen Dorf, wie Greising, ist es unheimlich wichtig, dass die Einheit, oder die Atmosphäre erhalten bleibt. Dass nun einer aus dem Dorf der Mörder war, damit werden sie sicher leben können. Aber was Frau Schnarrer betrifft, da werden sicherlich einige Gerüchte aufkommen. Aber damit muss sie fertig werden. Sie ist eine sehr taffe Person, das schafft sie schon."

„Und die Zeit spielt ihr sicher in die Karten. Sie war ja auch nicht die Täterin, nicht einmal die Mittäterin, wenn ich das genau betrachte. Eigentlich war sie das vermeintliche Mordopfer, wenn nicht …"

Ich unterbrach Herrn Doktor Hofer und meinte abschließend: „Sie haben absolut Recht, aber ich sollte dringend zu Frau Stöcklgruber im anderen Verhörraum, um ihr mitzuteilen, wie das Verhör von Herrn Kreuzmoser ausging. Sie sitzt ja mit Frau Schnarrer zusammen und wartet auf mich."

Ich verabschiedete mich vom Staatsanwalt und ging in den anderen Raum. Auf dem Weg meldete sich mein Handy: Frau Krankl leuchtete auf. Ich nahm das Gespräch an.

„Hallo Frau Doktor Krankl. Was gibt es Neues?"

„Herr Breslmaier, sie hatten Recht mit ihrer Vermutung: an dem Golfschläger habe ich Gewebespuren gefunden und zwar von Herrn Schnarrer. Eindeutig! Der Schläger wurde zwar gereinigt, aber mir bleibt nichts verborgen, oder?"

„Richtig, das kann ich nur bestätigen. Damit ist eindeutig bewiesen, dass Herr Schnarrer mit dem Golfschläger erschlagen wurde. Bingo! Aber wir haben inzwischen auch sein Geständnis und so ist ihre Feststellung nur ein weiterer Beweis für seine Schuld. Ich bekomme ihr Ergebnis doch auch noch schriftlich?"

„Ja, natürlich, schicke ich ihnen umgehend."

Ich verabschiedete mich von ihr, nicht ohne mich nochmal für ihre wertvolle Hilfe zu bedanken. Wer weiß, wie schnell man sie wieder benötigt. Schadet ja auch nicht.

Ich klopfte an die Türe und trat ein. Frau Stöcklgruber und Frau Schnarrer unterhielten sich angeregt und ich setzte mich zu meiner Kollegin an den Tisch.

„Na, wie lief es bei euch?" begrüßte sie mich.

„Sehr gut", antwortete ich erleichtert „Herr Kreuzmoser hat alles gestanden und wir sind mit dem Fall durch. Und bei dir?"

„Frau Schnarrer hat mir ihr Herz ausgeschüttet und ich muss sagen, es hat mich ganz schön berührt, was sie mir erzählt hat."

Ich blickte zu Frau Schnarrer und sie wischte sich noch eine Träne aus dem Augenwinkel. Anscheinend verlief das Gespräch sehr emotional.

„Aber das kann ich dir alles später erzählen", fügte sie noch hinzu. Sie blickte zu Frau Schnarrer und meinte: „so liebe Frau Schnarrer, fürs erste sind wir fertig. Ich lasse sie jetzt nach Hause bringen, aber halten sie sich bitte weiterhin zur Verfügung. Wenn sie noch psychologische Betreuung brauchen, geben sie mir bitte Bescheid."

Sie gab ihr die Hand und auch ich verabschiedete mich von ihr. Wir informierten noch den Beamten vor der Türe und Frau Schnarrer ging mit ihm in Richtung Tiefgarage.

„So liebe Mina, wieder ein Fall gelöst." Ich umarmte sie kurz und erleichtert und meinte: „Und jetzt?"

„Was ... und jetzt?"

„Schreiben wir erst den Bericht, oder kann das auch bis morgen warten?"

„Das kann definitiv bis morgen warten. Ich muss auch erst meinen Kopf frei bekommen. Was hälst du von einem Besuch im Biergarten?"

„Biergarten ist immer gut, Otto?"

„Oh ja, " meinte sie begeistert. „Beim Otto kann ich immer sehr gut entspannen. Heute würde ich mich sogar zu einer Currywurst überreden lassen."

„Also dann nichts wie los! Da schließe ich mich gerne mit an."

In Windeseile hatten wir unsere Sachen gepackt, ich gab Frau Unholzer in der Zentrale noch kurz Bescheid, dass wir heute Nachmittag nicht mehr erreichbar wären und schon waren wir unterwegs in das Irlbacher Bierstüberl, zum Otto.

Es war noch früh am Abend und so waren noch nicht viele Gäste da. Wir bekamen einen schönen Platz unter der Kastanie im Eck.

Nach der wirklich toll schmeckenden Currywurst mit Pommes Frites und einem Deggendorfer Hell war die Welt wieder in Ordnung und Mina erzählte mir von dem Gespräch mit Frau Schnarrer, ihrer unglücklichen Ehe, dem großen Altersunterschied und ihrer Liebe zum Herrn Pfarrer. Ich berichtete ihr von dem Geständnis des Herrn

Kreuzmosers und seiner Motivation, seiner unglücklichen Liebe und seiner traurigen Zukunft.

Es wurde ein sehr vergnüglicher Abend, an dem wir uns viel zu erzählen und viel zu lachen hatten. Natürlich tranken wir auch zu viel, aber das war heute egal und so ließen wir auch unser Auto stehen und fuhren mit dem Taxi nach Hause.

Komischerweise schlief ich mit dem Gedanken ein, was wohl als nächstes passieren würde. Und das war gar nicht so weit weg ……

Epilog:

Bis auf einige wenige, sind sämtliche Personen nicht real und von mir erfunden. Die Kirche in Greising ist schon seit längerer Zeit nicht mehr von einem ansässigen Pfarrer betreut. Zurzeit ist dafür der Pfarrer von Mietraching zuständig. Die aufgeführten Orte sind real und existieren.

Bedanken möchte ich mich noch bei meiner Frau Jacqueline, die mir die Freiheiten gibt, um meine Krimis zu schreiben, bei meinen Enkelkindern Ella und Annika, die mir immer neue Ideen geben, bei meiner Nachbarin Christine, die mich immer wieder anspornt, weiter zu schreiben und natürlich beim Hans Direske, der mein erster Lektor ist und mir gute Tipps gibt, um meine Ausführungen auch lesbar zu machen. Auf jeden Fall möchte ich mich auch bei meinem Freund Sigi Trauner bedanken, der mir die Geschichte der Teufelsaustreibung erst näher brachte und die ich dann im Krimi mit verarbeiteten konnte. Es gibt übrigens Handyvideos, in der die damals real durchgeführte Teufelsaustreibung dokumentiert und festgehalten werden konnte. Ich hoffe für ihn, dass es ihm auch gesundheitlich bald wieder besser geht und wir seine Geschichten und Erlebnisse bei einem Glas Rüscherl hören können und Kommissar Breslmaier damit neue Vorlagen bekommt.

Ich freue mich, wenn Ihnen meine Geschichten Vergnügen bereiten. Sie können mich auch gerne kontaktieren, um mir mitzuteilen, wie ihnen meine Krimis gefallen: www.Breslmaier.de

Ich freue mich über jeden Kommentar und jede Zuschrift.

Übrigens bin ich bereits mit dem nächsten Fall beschäftigt ….. aber lassen Sie sich überraschen.

Milton Keynes UK
Ingram Content Group UK Ltd.
UKHW031138291024
2429UKWH00006B/216